살아남는 법

영어생활자로

지구에서

발음에 집착하는
당신이 알아야 할
일터의 언어,
태도에 관하여

살아남는 법

영어생활자로

지구에서

백애리 지음

그래
도봄

일상이 허름했고 패기만 가득했던 그때의 시간들을 다시 꺼내놓기로 결심한 건 강원도에서 온 학생들 때문이었다. 고등학생 그룹이 유럽으로 종교 탐방 여행을 온 것이다. NGO 활동가의 인솔하에 경비를 아끼느라 체코부터 독일, 스위스까지 승합차를 렌트해 국경을 횡단하며 제네바에 도착했다. 나는 일요일 오후 학생들을 미술관 카페로 초대했다. 추운 겨울에 여행을 다니느라 모두들 매우 피곤해 보였다. 얼른 따뜻한 차를 주문하고 스위스 초콜릿을 나눠주고는 내 소개를 했다.

"여러분 저도 강원도에서 태어나고 자랐습니다. 춘천에서 공부했고요. 지금은 스위스 제네바에 와서 국제기구에서 일하고 있습니다."

의욕 없이 초콜릿을 먹던 학생들이 신기한 듯 나를 쳐다보기 시작했다. 슬그머니 한 명이 손을 들더니 질문을 했다.

"전공이 뭐예요? 어느 대학 나왔어요?"

한참 대답하는데 옆 친구와 키득대며 장난을 치던 한 학생이 고개를 내밀며 큰소리로 물었다.

"영어를 얼마큼 잘해야 국제기구에서 일할 수 있나요?"

호기심 많은 삶을 살고 싶어서, 답 없는 인생을 내려놓고 한국을 떠났던 순간이 떠올랐다. 말도 안 되는 영어 실력으로 겁도 없이 타국에 도착했다. 그럼에도 불구하고 살아남을 수 있었던 건 주변의 수많은 스승이 가능성을 알려주고 보여줬기 때문이었다. 내가 만일 누군가에게 그 역할을 할 수 있다면 어떤 방법이 있을까 수없이 고민했다. 어떤 이야기를 해줄 수 있을까? 물리적인 거리를 뛰어넘어 글을 통해서라면 그 소임을 완수할 수 있지 않을까 하는 생각에 쓰기 시작했다. 영어를 얼마나 잘해야 국제기구에서 일할 수 있는지, 일의 세계에서 어떤 언어와 태도를 가져야 하는지에 대해.

이 책은 풀리지 않는 인생을 두고 좌절하던 스물일곱 살, 취직 시험도 토익 공부도 손에 잡히지 않아 무작정 여권을 갱신하고 어학연수를 떠난 이야기로 시작된다. 빈털터리로 아는 사람 하나 없는 미국에서 언어에 집착하며 흡수해나가던 초보 영어생활자로서의 좌충우돌 경험담들이다. 그다음 2부는 NGO에 합격한 후 유럽으로 떠나 첫 해외 취업에서 발돋움해나간 이야기들이다. 여러 인종의 사람을 만나면서 다양한 영어가 존재한다는 사실을 깨닫고, 실무에서 가장 기본이라 할 수 있는 이메일 및 문서 작성에서 겪어야 했던 서투른 실수담을 매우 솔직하게 꺼내놓았다. 이 글을 읽는 독자라면 곳곳에서 그때 내가 배운 업무 영어 스킬을 배워갈 수 있을 것이다. 3부는 한국에서 배웠던 사회생활의 많은 오류를 털고 새로운 업무 환경에 적응해간 시간들을 회상했다. 우선순위가 바뀐 세계의 시야와 질서 속에서 매일의 일상이 어떻게 달라졌는지, NGO의 멘토에게서 배운 언어적, 비언어적 커뮤니케이션 방식과 일을 대하는 태도, 공평한 관계 맺음이 사회생활의 체질을 어떻게 바꿔놓았는지 그 과정을 담았다. 편견이 깨지고 고집이 꺾이며 글로벌 환경에 필요한 포용성을 차차 습득해나간 깨우침의 순간들이다. 마지막 부에서는 국제기구 인턴십을 시작하며 겪은 일들에 대해 썼다. 스케일이 커져버린 환경에서 프로다운 책임감을 장착하며 1인의 몫을 해내려고 애쓴 이야기들이다. 전문가들의 용어를 서둘러 숙달하고 미션을 차근차근 완수해나간 일, 국제회의 조직팀에서 굵직한 일들을 맡은 일, 그동안 단련해온 언어에 대한 자신감을 확인하며 맷집으로 하나씩 해결해나간 일 등 존재감을 드러내며 실무자로서 한층 숙련되어 가는 모습을 담았다.

이미 글로벌한 환경에서 공부하거나 주재원의 가족으로 외국 어딘가에서 지내는 사람들에게는 필요치 않은 이야기일 수도 있겠다. 부모님 찬스도 지인 찬스도 없이 해외 인턴십에 도전해야 할 학생들이 질문할 법한 내용에 성실히 답한 것에 가깝다. 찌질하지만 내 인생에서 가장 분투했던 이야기가 필요한 이들에게 가닿았으면 좋겠다는 생각으로 부지런히 뜰채로 건져 올려 글을 썼다. 잘못 배운 사회생활의 루틴을 씻어내느라 얼마나 구르고 애쓰며 배웠는지 양념을 버무릴 필요도 없이 굴욕적인 에피소드로 가득하다. 그렇게 겪은 많은 일을 우연이었다거나 실수였다고 말하지 않는 것이 나의 일상을 책임지는 최선의 정성이었다. 결국 많은 오류는 모조리 교훈이 되었다. 내게 질문했던 그 고등학생이 10년이 지나 사회초년생이 되었을 때 세상이 내게는 더 좋은 기회를 주지 않는구나 자조하게 된다면, 나라도 내 인생을 위해 뭔가 하지 않으면 안 되겠다고 생각하게 된다면, 나의 경험담이 조금이나마 도움이 되지 않을까. 내가 그랬으니까. 내 앞의 모든 길이 막혔다고 판단했을 때 국경을 넘었으니까.

과거를 다시 탐색하며 만난 건 한 가지 명제였다. 인간은 말도 안 되는 적응력을 가졌다는 것. 변화를 원한다면 최소한 나 자신을 변화시키고 다듬어갈 수 있다는 사실이다. 한국을 떠나 영어라는 언어를 다시 배우면서 얻은 것은 헷갈리던 시제나 가정법이 아닌 신기하게도 나 자신이란 영역이었다. 언어는 시야와 순서와 습관을 전부 뒤집었다. 다양한 세계를 스치며 글로벌 환경에서 공존하는 법을 배우며 조금씩 진화하는 자신을 발견하는 쾌감은 강력했다. 나름의 방식으로 헤매며 두 발로 전진해야 만날 수 있는 순간들이었다. 포기하지 않고 길을 찾으려면 어쩔 수 없다. 그 여정 안에서 내면의 힘과 생존력이 깊고 깊게 축적된 바로 나 자신을 알게 된다. 그 단단함은 아무도 건드리지 못한다. 언어를 배우겠다고 길을 나선 내가 낯선 곳에서 스스로를 재발견한 것처럼, 평생 끝나지 않는 신기한 프로젝트인 나 자신을 꼭 발견해보길 바란다. 호기심 많은 삶의 자세가 여러분을 도울 것이다.

2023년 제네바에서
백애리

thanks to

한국을 떠나기 전 여러 해 동안 평등한 여성들의 춤추는 커뮤니티 '스윙 시스터즈'를 경험했다. 학벌도 나이도 상관없이 서로 리더와 팔로어가 되어 닉네임과 존칭을 사용하며 어울리는 공간이었다. 다른 세계로 건너가고 싶다는 소망을 품는 데에 이들이 큰 동기 부여를 해주었다. 글을 쓸 때에도 가장 많은 지지와 피드백을 해준 나의 오랜 친구들에게 고맙다. 타국에 와서 새롭게 사회화 과정을 거칠 수 있도록 인내과 온유함으로 가르쳐주신 나의 멘토 롤란도와 글로리아 달마스 부부께 감사하다. 지금까지도 내 생애 최고의 보스이며 스위스의 부모님이다. 벼랑에서 떨어지지 않도록 잡아준 제네바의 이영신 선생님께 감사하다. 글을 쓸 장소를 수소문할 때도 집필실로 사용하라며 집을 통째로 내주셨다. 스위스 친구 타마라에게 많은 도움과 영감을 받았다. 매번 내게 "너의 《파친코》는 언제 출간되니?"라며 과분한 기대감을 표현하며 독려했다. 한국에서 수많은 자료를 공수해준 조카 지민에게 특별히 고맙다는 말을 하고 싶다. 가슴에 사랑을 가득 품고 세상으로 나아가라고 말씀하신 부모님 덕분에 다양한 경험을 겁없이 소화해낼 수 있었다. 아빠는 나의 최초의 영어 선생이자 여전히 치열한 토론 상대이고 엄마는 내 심리적 동맹이자 최고의 카운슬러다. 나는 자매들의 연대와 경쟁을 겪으며 자라났고 서로 격하게 지지하는 우리 자매들 없이는 인생의 성장을 상상할 수 없다. 내가 타인에게 굳건한 자매애를 보인다면 그건 언니들의 영향이다.

차례

| 제1부 |

영어만 잘하면 인생이 풀릴 줄 알았다

제2부

중요한 건 라이팅 실력이라고!

제3부

철저히 깨지며 태도를 배우며

제4부

일의 언어로 영어를 배우는 일

"넌 막내가 수저도 안 놓니?"

식당에 자리를 잡고 주문을 마쳤을 때였다.

한 선배가 별안간 테이블 위로 컵을 내리치며

소리를 쳤다. 그 고함은 나를 향해 있었다.

같은 테이블에 앉아 있던 사람들과 옆자리

테이블까지 일제히 나를 바라봤다.

우리 팀에서 가장 어린 스물두 살, 나는 팀 전체

식탁에 수저를 놓아야 하는 사람이었다.

놀란 사람은 나 하나뿐이었다.

사람들이 20대 여성에게 바라는 모습은 정해져

있었다. 적당한 소녀성을 겸비해야 하지만

지나치게 여성적이어도 안 되고 차갑거나

타인에게 수용적이지 않으면 비난을 받았다.

그들에게 주어지는 시선은 그로테스크하기

짝이 없다.

'20대 여성군'에 속하는 친구들이 비슷하게 겪는
일이었다. 아이러니한 집단의 기대와 시선을
견뎌야 한다. 장소마다, 만나는 사람마다, 그들의
요구에 따라 여러 개의 페르소나가 생겨났다.
가면을 쓴 영혼은 우울하다.
맨 얼굴을 가려야 하는 숙제 때문에 종종
서러움이 폭발했다.

어느덧 경미한 수준의 조울 증세가 생겼다.
친구들은 매일 초를 켜놓고 명상을 했고 융과 꿈
치료, 마음 공부를 시작한다고 했다.
너무 일찍 욕망을 내려놓기 시작한 친구들은
절반쯤 도인이 되어가고 있었다.
자신의 욕망을 앞세운 적도 없는 20대 여성들은
벌써 자조하고 있었다.

이 세상 속에서 나의 재능과 능력을 제대로
발휘할 수 있을까.
이런 한국 사회는 내게 성장할 기회도 실패할
기회도 주지 않을 것 같았다.
생업을 앞에 두고 이 시간을 어떻게 관통해야
할지 앞이 캄캄했다.
나 역시 매일 누군가의 불편한 심기를 건드려서
곤경에 빠졌다.

누군가 20대 여성의 싱그러움, 풋풋함, 청춘의
아름다움에 대해 이야기한다면
나는 "당신의 고정관념은 다 틀렸다"라고
말하고 싶다.
감정노동을 받아내며 머릿속에서 과격한 육탄
전쟁이 벌어져도 겉으로 두꺼운 페르소나를
덮어쓰고 우아하게 웃고 있어야 하는 한국의
20대 여성은 어쩌면 '조커'보다도 더 위험하고
강한 존재다.

왜, 조커가 말하지 않았나.

"Smile, because it confuses people.

Smile, because it's easier than explaining

what is killing you inside."

나의 의역은 이렇다.

"웃어, 그러면 너를 감출 수 있거든. 미소 지어.

네가 속으로 왜 죽어가는지 설명하는 것보다

그 편이 더 쉽잖아."

나는 지위가 갖고 싶어졌다.

누구도 함부로 건드리지 못할 사회적 지위를

얻어야 사람들의 무신경한 말들을 잠재울 수 있을

것 같았으니까.

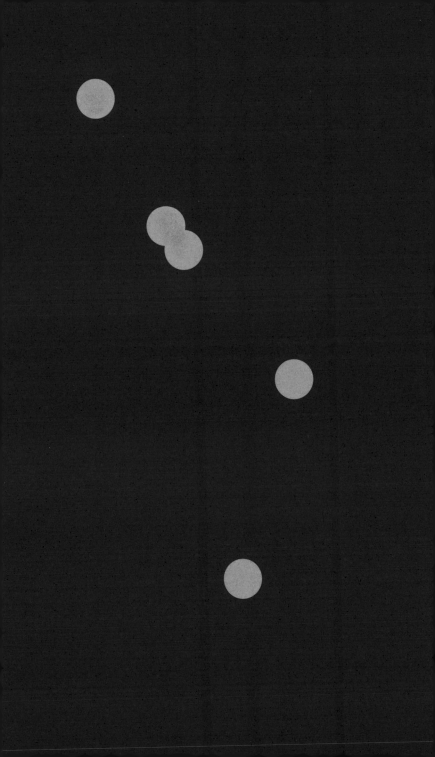

영어만 잘하면
인생이
풀릴 줄 알았다

"I thought life would become easy if I could speak English well"

27세의 어느 날
무작정
어학연수를 떠났다

20대 후반을 바라보던 나는 답 없는 인생을 앞두고 무척 슬펐고 또 화가 나 있었다. 막막하고 답답했다. 앞으로 어떻게 살아야 할까. 모아놓은 돈도 없었고 계획도 없었으며, 장기적인 비전도 뭣도 없었다. 중요한 건 더 이상 이런 방식으로는 살고 싶지 않다는 욕망뿐이었다. 잡지출판사를 그만두고 시작한 방송작가 생활, 좀처럼 밖에 나오려 하지 않는 사람들을 설득해 방송국 스튜디오로 오게 하고 인터뷰까지 성사시키는 일을 잘 해냈다. 나름 인정받던 중이었다. 그렇게나 좋아했던 방송작가 일은, 결과적으로 보수는 밑바닥이고 매우 자기 소모적이었다. 일을 하면 할수록 내가 없어져버렸다. 마음이 항상 조마조마했고 빚쟁이처럼 늘 쫓겼다. 오늘도 하루치의 나이를 먹는 현실이, 또 내가 뒤처지는 상황이, 느리게 나아가는 내 속도가 견딜 수 없이 힘들었다. 혼란이 가득한 이 시간을 벗어나고 싶었지만 동시에 벗어나서는 안 되는 아이러니한 상황에 놓여 있었다. 통장이 텅 비어 있었다.

사회생활은 자아를 깎아내리는 일의 연속이었다. 뭘 제안하고 시도하든 거절당하는 게 일상이었고 아무도 나를 아껴

주지 않는 것 같았다. 약아빠지지 못해서 꼭 바닥을 보고야 말았다. 분위기를 보고 중간에 멈췄어야 하는데 계산할 줄 몰라서 포기하지 않고 계속했기 때문이다. 어느 날은 라디오 게스트에게 쌍욕을 들었다. 그것도 지하철 출구와 연결된 백화점 영화관 입구, 많은 사람이 앉아 있는 분수대 주변 길거리에서. 어찌나 고함을 질러대는지 사람들이 멈춰 서서 나를 에워쌀 정도였다. 방송국을 찾아오던 중 길을 헤매 헛고생했다는 게 이유였다. 문학하는 사람이 저렇게 저속할 수 있다니. 급기야 나를 때릴 듯 위협적으로 손을 올렸지만 다행히 맞지는 않았다. 동료라고 생각했던 사람들은 모른 척했다. 결국 그날 방송은 펑크가 났고 내가 책임지고 기획 아이템을 찾아 메꿔야 했다.

　거우 생계를 유지할 만큼 적은 보수를 받으면서도 일을 좋아하면 멍청한 방식으로 사달이 나고야 만다. 나는 지나치게 열심히 일했고 영혼까지 망가지고 있었다. 쌓아가는 삶이 아니라 날려버리는 인생이었다. 어느 날은 눈물을 글썽이며 양화대교를 걸었다. 앞길이 너무 막막해서. 그때 멈춰 서서 생각했다. '나는 왜 착취당하도록 내버려두는가, 난 절대적으로 유일하다, 재생도 되지 않는다, 쉽게 회복되지 않는 나 자신을 계속해서 망가뜨리고 있는 건 아닐까.' 잘하고 싶어서 애쓰고 너무 많은 것을 허용했더니 더 이상 잃을 것도 없었다. 이건 나를 소멸시키는 길이다. 이렇게 살 수는 없었다.

사회운동가 멜린다 게이츠는 말했다.

"자신의 목소리를 가진 여성을 한마디로 정의하면 '강한 여성'이다. *A woman with a voice is, by definition, a strong woman.*"

그때 나는 강한 여성이 되기로 했고 몸부림치는 내면의 목소리를 듣기로 했다. 곧장 서랍을 열어 깊숙이 넣어둔 여권을 펼쳐 만료일을 확인했다. 양말을 꿰어 신고 단정한 셔츠로 옷을 갈아 입고 집을 나섰다. 만료일이 일주일 앞으로 다가온 여권을 갱신하러 마포구청에 갔다. 번호표를 뽑고 서류 접수를 위해 줄을 섰다. 방금 찍은 여권 사진을 손에 들고서.

일단 무언가를 해야 했다. 현실감각도 없고 수많은 조건과 스펙이라 불리는 높은 숫자들을 올려다보았지만 엄두가 나지 않는 상황이었다. 아무것도 할 수 없다는 무력감에 주저앉을 수는 없었다. 나는 서랍을 열어 여권 첫 장을 펼쳐보는 것으로 당장 할 수 있는 아주 작은 행동을 했다. 그러고는 몇 달 뒤 모두 그만두고 어학연수를 떠나기로 결정했다. 영어를 놓은 지 오래된 27세의 어느 날이었다. 가족들에게는 내 결심을 일방적으로 통보했다. 대학교 때 못 이룬 한을 이제라도 풀어보겠다고. 다른 세상을 탐색해본 선후배와 동기들에게는 뭔가 매끈한 분위기가 있었다. 한국의 모든 공채 시험에는 영어 공인 점수가 필요했다. 영어 실력을 획득하면 지금보다는 나은 삶을 살 수 있겠지. 나에게는 단단한 입지가 필요했다. 아무나 건드리지 못할 사회적 지위를 얻어야 모든 것이 단박에 정리될 것 같았으니까. 미리미리 영어 점수를 해결해놓지 않은 과거의 나를 원망하며 그저 후회만 하고 있을 수는 없었다.

일하면서 틈틈이 유학원 상담을 받았다. 무엇을 준비해야 하는지, 어떤 것을 대비해야 하는지 체크했다. 최소한의 생존 영어를 길어 올리기 위해 어학원에 등록했고 매일 영어 회화와 작문 연습을 했다. 집을 정리하고, 보험을 들고, 국제운전면허증을 발급받고, 국제학생증을 신청했다. 또 필요한 서류는 뭐가 있지? 준비하는 동안 그날 찍은 사진들을 모두 요긴하게 소진했다. 국제운전면허증을 바라보며 약간의 호기를 부렸다. 그래, 멀리 떠나보자. 한계를 정하지 말고 가는 데까지 가보자. 나 자신을 위해 용기를 내보기로 했다. 애초에 용기가 있어서 시작한 일이 아니지 않은가. 무언가에 착수하자 힘이 솟았다. 바퀴 달린 여행 가방 하나를 들고 공항에 서 있는 내 모습을 보는 가족들은 담담해했다. 인사를 하면서도 정확히 몇 월의 어느 날 이 공항으로 돌아오겠노라 기약할 수 없었다. 대책 없이 떠나는 거니까. 내가 산 건 편도 비행기표니까. 머릿속엔 오로지 한 가지만 맴돌았다. 영어 점수를 올려서 이 자리로 돌아와야 한다는 것.

　인천공항에서 떠나던 날, 손에는 여권이 쥐어져 있었다. 막막한 마음이 타오르던 그 순간 마포구청으로 달려가 갱신한 새 여권이었다. 처절한 심정으로 양화대교를 걷던 27세의 내가 가장 잘한 일은 그날 여권을 갱신한 것이다. 난 갈망했다. 이게 끝일 수는 없다고. 빳빳한 새 여권을 받아든 그 순간이 어쩌면 이 모든 여정의 시작이었다.

영화에 나오는

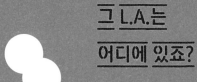

그 L.A.는

어디에 있죠?

처음의 목적지는 인생 드라마 〈섹스 앤 더 시티*Sex and the City*〉의 배경인 뉴욕이었지만 미국 동부의 겨울을 버텨 낼 엄두가 나지 않았다. 허드슨강이 얼어버린다고 했다. 따뜻한 서부, 캘리포니아 드림의 중심지인 L.A.로 먼저 가기로 계획을 세웠다. 한껏 기대가 되었다. 겨울에도 사람들이 티셔츠한 장 입고 조깅하는 모습을 볼 수 있을까. 할리우드 영화처럼 말이다. 미국의 대학교 캠퍼스를 체험해보고 싶은 마음도컸다. 유학원에서 추천해준 칼리지 부설 어학원으로 정했다. 3개월 뒤에 따뜻한 봄이 무르익으면 처음의 목적지인 뉴욕으로 옮기자. 적은 예산으로 최대한 많은 경험을 하기 위해서는 부지런히 몸을 움직여야 한다.

"홈스테이로 하실 건가요?"

유학원 직원이 책자를 펼쳐놓고 비용이 적힌 안내문을 보여주며 나에게 물었다.

"네, 홈스테이요."

미국 가족들과 생활해보고 싶어서 일사천리로 홈스테이를 결정했다. 단기간에 영어 실력을 늘려야 했고 언론사 취업을 준비하려면 토익이 900점은 너끈히 넘어야 했다. 언론사 취업 준비생들의 합격 수기를 찾아보면 900점은 기본이고 만점에 가까워야 안전 궤도에 든다고 했다. 한국어로 방송을 제작하고 기사를 쓰고 대본을 만드는 한국 언론사에서 왜 그렇게나 높은 영어 점수를 요구하는지는 의문이지만 말이다.

L.A. 공항에 내리니 학교를 통해 미리 신청해놓은 택시가 기다리고 있었다. 고속도로를 여러 차례 갈아탄 뒤 학교에 도착해서 무거운 짐을 꺼내놓고 보니 웬걸, "여기도 L.A.인가요?"라고 물어보고 싶을 정도로 L.A. 시내에서 한참이나 떨어진 외곽 지역이었다. 휘티어Whittier라는 동네에 있는 작은 캠퍼스로 영화에 나오는 그 L.A.는 대체 어디에 있나 싶었다. 규모가 굉장하다는 L.A. 한인타운은 코빼기도 보이지 않았다. 거기엔 순두부찌개를 파는 식당도 있다며? 도착해보니 학교는 L.A. 중심가에서 자그마치 30킬로미터나 떨어진 근교에 위치해 있었다. 주변에 높은 빌딩이라곤 전혀 없는.

유학원에서 소개한 홈스테이 숙소는 피코 리베라Pico Rivera라는 동네에 있었다. 체감상 학교에서 멀어도 너무 멀었다. 버스를 갈아타며 멀리멀리 여행하는 기분으로 학교를 향해 출발해야 했다. L.A. 외곽의 드넓은 길엔 차들만 쌩쌩 달릴 뿐 걸어 다니는 사람이 한 명도 없었다. 나는 새벽 6시에 일어나 책가방을 메고 피곤한 눈을 비비며 배차가 1시간에 한 번뿐인 버스 정류장에 도착했다. 버스엔 줄곧 허름한 행색의 사람들만 탔다. 그나마도 놓치면 큰일이다. 차들이 씽씽 달리는 갓길을 혼자서 걸어가야 한다. 게다가 8시 15분에 시작하는 1교시를 통째로 결석해야 하는 상황에 놓인다. 비싼 돈을 지불하며 미국까지 왔는데 수업에 빠질 수는 없었다.

한산한 버스 안에서 밖을 구경하다가 내려야 할 정류장을 놓친 어느 날이었다. 뒤늦게 내려 학교를 향해 빠른 걸음으로 걸었다. 벌써 1교시 수업을 반은 놓친 시각이었다. 이상한 기척이 나서 옆을 보니 한 남자가 트럭 창문을 내린 채 나를 서서히 따라오고 있었다.

"유 아 오롸잇? *You are alright?*"

그가 말을 걸어왔다. 나는 고개를 한 차례 끄덕이고 웃어 보였다. '괜찮냐고? 그래 나는 오롸잇하다. 사실은 지금 학교에 늦었고 길을 잃었지만 너랑 길게 말할 기분은 아니야.' 그는 트럭을 몰고 나를 한참이나 따라오다가 또 물었다.

"유 아 오롸잇?"

트럭 운전자는 한참을 더 따라왔다. 이제 말 시키지 말라는 뜻을 비치며 고개를 숙인 채 쳐다보지도 않자, 그제야 단념한 듯 액셀을 밟고 떠났다. 며칠 동안 그날 아침에 벌어진 일을 곱씹다가 번뜩 깨달았다. 아, 그 사람은 나에게 *"You are alright?"*이라고 물어본 게 아니었어! 개미 새끼 한 마리 없는 L.A. 외곽 지역에서 차들이 옆으로 쌩쌩 지나가는데 동양인 여자가 혼자 위험하게 길을 걷고 있으니 차를 세우고 물은 것이다. "태워줄까? *You want a ride?*" "내 차 탈래?" 하고 묻는데 미소를 보이며 고개를 끄덕였으니, 그 청년은 흔쾌히 타겠다는 대답으로 들었을 것이다. '라이드'를 '롸잇'으로 듣다니. 내 리스닝 완전 엉터리였네. 정말 그랬다. 토익 영어 듣기 평가와 길에서 듣는 진짜 스트리트 영어는 천지 차이였다. 사람들이 하는 말을 알아듣지 못해서 두세 번은 곱씹어야 했다. 리스닝의 길은 멀고도 험했다. 귀가 안 뚫려서 미칠 지경이었다.

나는 길 위에서 미아가 되지 않기 위해 한국을 떠나며 다짐했던 원칙 하나를 어쩔 수 없이 깨야 했다. '핸드폰을 없애겠다'는 결심. 아무 때나 울리는 전화벨 소리에 노이로제에 걸려 있었다. 프리랜서 생활 몇 년 동안 얻은 직업병이었다. 늦은 밤이든 이른 아침이든 시도 때도 없이 울리던 담당 피디의 전화 때문에 벌떡벌떡 잠에서 깼고 하도 전화를 걸어와 외장 배터리를 세 개씩 들고 다녀야 했다. 핸드폰이 과열되어 귀가 뜨거워질 때까지 상대방의 말을 들어야 했던 나날들에

치가 떨려서 어학연수 동안만이라도 핸드폰에서 해방되리라 결심했건만, 어쩔 수 없었다. 자동차 없이는 어디로도 움직일 수 없는 상황에서 문명 세계와 연락이라도 닿아야 구조 요청을 할 수 있으니 말이다.

나는 그날 홈스테이 가족의 중고폰을 인수해 휴대폰을 개통하러 갔다. 미리 얼마를 충전해놓고 쓰는 프리 페이드 폰으로 연결했다. 영화 속 캘리포니아 드림은 현실과 아주 멀다는 것을 확인하는 나날들이었다. 영어와 경험을 위해 이곳에 왔는데 발이 묶이니 미칠 지경이었다. 어서 영어 리스닝에 귀가 뚫려야 할 텐데…. 몇 년이 지나 회사에서 진짜 L.A. 다운타운 출신의 동료를 만나게 되었을 때 나의 어학연수 에피소드를 들려주었더니 그가 박장대소했다.

"피코 리베라? 거기를 L.A.로 알고 갔다고? 거기 히스패닉들 사는 동네잖아. 그리고 거기 우범 지역일 텐데?"

"오롸잇, 난들 알았겠니?"

이름부터 꽤나 멕시칸스러운 피코 리베라, 여기서 나는 이보다 더한 일들을 겪게 된다. 영어를 원어민처럼 배우는 일보다 더 중요한 것은 우범 지역에서 나다니지 않는 걸지도 모르겠다.

영어만 잘하면

인생이

풀릴 줄 알았다

겨울에 도착한 L.A.에는 이벤트가 많았다. 첫 주말은 홈스테이 가족과 수퍼볼을, 다음 주말엔 그래미 어워드를 시청했다. L.A.에서 보는 그래미 어워드라니. 곧이어 아카데미 시상식이 열렸다. 나는 마치 영화평론가라도 되는 양 홈스테이 가족 앞에서 떠들기 시작했다.

"저기 시상자로 나선 가엘 가르시아 베르날은 〈체〉라는 체 게바라 전기영화를 찍은 배우죠."

묻지도 않은 얘기를 어쩌구저쩌구 늘어놓았다.

홈스테이 가족은 자녀가 둘이었다. 누나는 중학생, 남동생은 초등학생이었다. 아카데미 시상식엔 전혀 관심이 없어 보였다. 나 홀로 TV 앞에서 들뜬 모습이라니. 하지만 개의치 않았다. 누가 듣든 말든 나는 지금 영어를 연습하는 중이니까. 그들과 한마디라도 더 섞을 수 있기를 바랄 뿐이었다. 이러려고 홈스테이 하는 거지 뭐! 얼른 영어 실력을 쌓아 원어민처럼 말하고 싶었다. 수많은 이벤트가 TV 속에서 진행되는 동안 나도 질세라 부지런히 떠들었지만 소파에 앉아 있던 초등, 중등 친구들이 내 말을 알아들었는지는 알 수 없었다. 참을성 있게 내 이야기를 들어주는 게 신통한 일이었다.

하루는 초등학생인 동생을 붙들고 다짐을 받았다.

"내가 말할 때 문법이 틀리거나, 발음이 틀려서 말이 안 되면 네가 꼭 지적해줘야 해. 알았지?"

진지한 내 표정을 바라보며 막내는 알았다고 고개를 끄덕였다. 속으로 생각했다. '영어가 빨리 늘어야 하는데…' 미국에 도착한 지 고작 3주차였다. 몇 주가 지나도록 나는 한국어를 단 한마디도 쓰지 않았다. 비싼 돈을 들여 멀리 어학연수를 왔다는 무거운 책임감이 있지 않은가. 낭비할 시간이 없다는 초조함이 가슴을 내리눌렀다. 이메일도 확인하지 않았고, 한국 인터넷 포털은 들어가보지도 않았다. 한국 뉴스를 찾아볼 여력이 없었다. 당연히 한국에 있는 가족과의 연락도 뜸했다.

대학교 부설 어학원엔 한국인 학생들이 많았다. 그들은 나를 당연히 일본인이라 여겼다. 먼저 다가가서 인사도 하지 않았고 눈도 마주치지 않으니 말이다. '미안하지만 난 한국어로 수다 떨 여유가 없어.' 다 늦은 나이에 떠난 어학연수였다. 정해진 예산은 매일 줄어들고 있는 마당에 여기서 학생들과 놀며 세월을 허비할 수는 없는 노릇이었다. 어학원의 학생 그룹은 유럽, 남미, 아시아 대륙별로 나뉘어 비슷한 문화 배경과 취향을 공유하며 무리 지어 어울려 다녔다. 대신 나는 같은 반에 배정된 일본 친구와 대만 친구들과 어울렸다. 온종일 영어로만 대화하고 영어로만 생각했다. 영어의 세계에 풍덩 빠져 허우적대면 뭐라도 건지겠지 싶은 나만의 몰입 방식이었다.

어서 허들을 넘고 싶었다. 의식적으로 곱씹었다. 내게는 한정된 시간과 예산이 있고 이걸 넘기면 안 된다고. 나는 오늘도 조금씩 나이를 먹고 있다고 되뇌었다. 내 마음대로 바꿀 수 없는 외부 조건에 나의 인생 계획을 무조건 끼워 맞추는 수밖에 없었다. 회사에 입사할 수 있을까? 나이 제한에 걸려 1차부터 불합격하면 어쩌지? 이 나이를 먹도록 영어 공부도 안 하고 지금껏 뭘 했냐고 물으면 어쩌지? 주위를 돌아봤다. 한국 학생들 대부분은 한참이나 나이 어린 대학생들이었다. 겨우 스물두세 살, 낯선 곳에서 타지 생활이 힘들테지. 그걸 견디고 있는 것만으로도 기특한 거다. 하지만 난 아니었다. 단기전이다. 나는 곧 서른이 된다고!

수업이 끝나면 캠퍼스를 돌며 미국 사람들과 영어로 떠들 궁리를 했고, 도서관에서 숙제를 하다 지루하면 서고를 한 바퀴 돌며 이해할 수 없는 책들의 제목을 읽다가 리셉션에 앉아 있는 도서관 사서에게 영어로 말을 걸었다. 미국인들은 꽤 친절했다. 이따금 용건도 없는 건물에 들어가서 복도를 걸어 다니고 게시판을 하나씩 읽어봤다. 한번은 대학 안에 있는 우체국에 가서 어슬렁거리며 벽에 붙은 모든 공고를 하나씩 꼼꼼하게 읽었다. 도저히 이해가 안 가는 문구들을 손으로 짚어가며 근로 학생에게 물어보았다.

"게시판 위쪽에 있는 저 문구는 뭐예요? 스탑 위닝?"

"스탑 와이닝. *Stop whining.* 불평 그만해라. 우리 보스가 붙여놨어요."

우체국 안에서 대화하던 우리 둘은 낄낄 웃었다. 생활 속에서 배운 표현들을 그 자리에서 순차적으로 외워두었다. 한 달쯤 지나니 캠퍼스를 가로지르며 인사를 해오는 사람들이 생기고 거짓말처럼 말이 쑥 늘었다. 그 나라의 언어와 문화를 단기간에 빨아들인다는 건 쉽지 않은 일이다. 내 경우는 그랬다. 언어를 서둘러 성취해야 한다는 초조함에 강박적인 습관들을 만들었다. 강한 최면은 상당 부분 효력이 있기도 했다.

한 달쯤 지나 여유를 찾으니 나처럼 고군분투하는 외로운 인물들이 하나씩 보였다. 한국에서는 가능성도 미래도 찾을 수 없어서 뒤늦게 무리하며 어학연수를 온 케이스, 연수가 끝났는데도 취업에 성공해 이곳에 남으려 백방으로 알아보는 인물들, 불법 체류까지도 불사하겠다 결심하고 온 그들은 미국이라는 사회를 과식하듯 급하게 흡수하고 있었다. 이곳에서 인생 2막을 시작하려는 영혼들이 제일 먼저 하는 일은 미국 운전면허증을 따는 것이다. 왜냐? 신분증을 대체할 수 있으니까. 안락한 어딘가로 돌아갈 수 있는 사람들과 어떻게든 정착하는 것 이외에는 선택지가 없는 사람들의 태도는 확연히 달랐다.

다시 곱씹었다. 나는 휴가를 온 게 아니다. 답 없고 막막한 내 인생을 바꾸려면 다 집어치우고 회사 공채 입사 준비를 해야 한다. 떳떳한 영어 점수 없이는 이력서를 채워 넣을 수조차 없다. 빈칸이 많은 이력서는 서류 전형에서 1차로 걸러진다. 서른이 되기 전에 내 인생부터 해결을 봐야 한다고 생각하니 영어라는 공공의 적이 내 앞을 가로막고 있다는 착각에 빠졌다. 구직 마켓에서 보잘것없는 나를 원하지 않을 것 같아서 뭐라도 붙들고 원망해야 했다. 계속 영어에 집착하게 되었다. 그때까지만 해도 굳게 믿었다. 나는 영어만 잘하면 인생이 술술 풀릴 줄 알았다.

'You'에서

'It'으로,
문장을 수집하기로 했다

홈스테이 가족은 주말 캠핑을 자주 떠났다. 네 명의 가족 구성원이 빠져나간 주택가의 텅 빈집, 아무도 없는 고요한 집에서 늦잠을 자다 깨어난 일요일이었다. 버터에 토스트를 구워 먹을까, 달걀프라이도 두 개쯤? 여전히 침대에서 뒹굴며 느슨한 일요일을 보내던 참이었다. 너무나도 고요한 무중력 상태의 평화였다.

침대에서 일어나기 위해 보송보송한 이불을 들추며 문득 한 가지 사실을 깨달았다. 어학연수를 떠나온 지 불과 3주, 나에게서 두 가지가 빠져나갔다는 것을. 첫 번째는 악몽, 두 번째는 변비. 왜 이렇게 잘 잤지? 거울을 바라보니 살이 뽀얗게 올라와 피부가 반들거렸다. 아, 매일 밤 시달리던 악몽이 사라졌다. 곧이어 '부르릉부르릉' 잠에서 깨어났으니 얼른 시원하게 화장실에 가라는 소장과 대장의 메시지를 받았다. 밤새 열심히 일한 내장들의 신호를 들으며 뿌듯한 마음이 들기까지 했다. 화장실을 향하며 생각했다. 나의 위장은 지금 건강해졌다고. 조용하고 느리게 가는 아침이 준 화장실에서의 시원한 통찰이었다.

밀란 쿤데라는 《참을 수 없는 존재의 가벼움》이라는 고전을 썼지만 나는 너무 많은 것을 참으라고 교육을 받아왔다. 사회생활을 하는 내내 최대한 꾹꾹 참았다. 정해진 시간에 잠드는 것, 중간에 방해받지 않고 숙면하는 것, 삼시 세끼를 제시간에 챙겨 먹는 것은 불가능에 가까웠다. 화장실도 참았다. 허둥대지 않고 소화기관이 충분히 감당할 수 있도록 천천히 꼭꼭 씹어 먹는 것은 있을 수 없는 일이었다. 음식의 맵기를 고려하며 건강한 메뉴를 고르는 것은 일종의 사치였다. 그건 '내 위주'의 삶을 사는 사람만이 가능한 일이랄까. 당연히 소화기관의 컨디션은 최악으로 나빠지고 있었다.

이상한 일이었다. 일터를 벗어났음에도 불구하고 사회생활은 계속되었다. 선배의 친구, 친구의 선배, 온갖 인물들이 나보다 지위가 높다고 했다. 세상 만물 모든 것에 서열이 있었다. 평생 동안 한 번 이상은 만나지 않을 사이인데도 상대방이 자신보다 나이가 많은지 적은지 묻고 위아래를 정해보자고 덤볐다. 곧이어 주변의 많은 사람이 죄다 윗전이 되어 있었다. 허락도 없이 말을 놓겠단다.

"말 편하게 할게."

'누가 편하죠?'

상대방의 존재가 참을 수 없이 가벼워도 꾹 참아야 했다.

이 사회와 일자리에서 존재감을 잃지 않기 위해서는 어쩔 수 없는 일이라고 생각했다. 그러나 내 몸이 하는 말은 전혀 달랐다. 위장 트러블을 달고 살았고 변비와 교차했다. 그러고는 매일 밤 도망 다녔다. 꿈속에서. 늘 똑같은 악몽이었다. 잠에서 깨면 머리카락 사이사이 땀이 맺혀 있었다. 아침마다 젖은 베개를 만져보고 이불을 들치며 식은땀을 말려야 했다. 사회에서 내 몫을 하고 살기 위해서는 이렇게 평생 시달려야 하나? 그러던 내가 왜 마음이 편해졌을까. 참으로 감쪽같은 일이지. 여전히 불안한 미래를 걱정해야 하는 처지인데. 빠듯한 예산 때문에 앞으로 얼마나 버틸 수 있을지 매일 돈을 쓸 때마다 머릿속으로 총액을 계산하는데. 믿기지 않았다. 구체적인 계획도 없고 한국에 돌아가서 복귀할 직장도 없는데 왜 나는 건강해졌지. 아침마다 이렇게 개운할 수가 없었다.

이유는 어렵지 않게 찾을 수 있었다. 스트레스와 모욕감을 말끔하게 씻어낸 것은 따라다니며 지적하고 책망하는 사람들이 주변에서 말끔히 사라진 환경 덕분이었다. 그리고 새로 만난 사람들의 친절한 영어적 화법 덕분이었다. 사람들로 인해 출렁거리던 마음속 갈등의 파동이 잠잠해지기 시작했다. 그렇다. 그동안 나를 미치게 만든 것은 끝없는 평가였다. 너는, 네가, 너 때문에. 너로 시작하는 그 모든 문장들. 타인을 검열하고 책망하는 수많은 말은 주로 '너'로 시작했다.

"너는 옷차림이 그게 뭐니?"

"너는 무슨 일을 그런 식으로 하니?"

"너는 쓸데없이 그런 걸 왜 고른 거야?"

주어가 '너You'로 시작되는 문장을 온종일 듣다 보면 속이 터져버릴 듯이 기분이 불쾌해진다. 꿈속에서도 나를 괴롭혔다. 너, 너, 너는 뭔가 잘못됐어, 라며 소리치며 따라오는 목소리들을 피해 밤새 도망 다니다 보면 어스름하게 새벽이 밝아왔다.

그 수많은 소리에서 떠나온 이곳에서 나는 비로소 해방감을 느꼈다. '주어'가 달라지면서다. 나를 향해 화살과 창을 날리는 수많은 말로부터 멀리멀리 과녁을 뚝 떼어놓았다. 어학원의 사람들과 도서관에서 만나는 사서들, 우체국에서 만난 근로 학생들, 홈스테이 가족이 하는 말에는 매우 다른 패턴이 있었다. 'You'로 시작하는 문장이 아닌 'It'으로 시작하는 표현이 풍성하게 등장했다. 영어로 말하는 이 사람들은 표현이 참 부드러웠다. "너는 왜 멀리 미국에 어학연수를 왔니?" 대신 "그 결정은 쉽지 않았을 텐데, 어땠어? 그건 정말 큰 용기가 필요했을 것 같아", "너는 왜 그렇게 무모한 일을 시작했니" 대신 "그 일은 누구에게나 어려워 보여"라는 식이었다. 비숫한 뜻이라도 상대를 나무라는 듯한 어투가 말끔하게 사라진다.

이들의 화법을 따라 하고 연습하기 시작했다. 'It'으로 시작하는 문장들을 수집했다. 제3의 시선으로, 제3의 주어로 묘사하는 많은 것은 화살을 저 멀리 보내주었다. 상처를 줄 의도가 있든 없든 나를 책망하는 목소리는 어디서나 아프다. 변비 때문에 배가 아픈 게 아니라 상처 주는 말 때문에 배가 아파왔다. 내 몸이 하는 말은 정직했다. 쾌변의 평강이 주변 환경과 언어에서 시작되다니. 부서진 마음을 끌어안고 집 밖을 떠돌던 나의 자아가 컨디션을 회복하며 막힌 대장과 소장의 손을 붙잡고 드디어 집으로 돌아온 것이다. 똑똑똑, 여기 우리 집인가요? 돌아온 탕자가 아니라 돌아온 창자였다.

불시에 찌르는 사람들의 평가에 다각도로 방어하느라 소요하던 감정이 줄어드니 나의 시간과 가능성에 집중하게 되었다. 주어를 'You'에서 'It'으로 바꾸면서 가능해진 일이었다. 왜 모욕당하는 순간까지 그 자리를 지켰을까, 왜 아플 때까지 버텼을까, 때로는 나 자신을 원망했지만 이런 생각이 들 때마다 생각을 고쳐먹기로 했다. 피하지 않고 끝까지 밀어붙인 내가 원망의 과녁이 되어서는 안 되는 거였다. 그만큼 잘하고 싶었고 스스로에게 충실한 거였으니까. 이제부터는 자신감 넘치는 순간에 집중하기로 결심하며 나는 이 해방감에 리듬을 맞추었다.

내 말

아직 안 끝났어!

그날은 어학원에서 토론 수업이 있었다. 회화 선생님이 이민법과 관련된 정치적 주제를 테이블에 꺼내놓았다. 먼저 본인의 의견을 말하며 토론을 시작했다. 듣자 하니 뭔가 이상했다. 카리브 국가 출신 이민자인 그는 영어 수업을 받는 우리가 결국엔 미국에 정착하고 싶어서 온 것처럼 이야기를 끌고 나갔다. 쓴웃음이 나왔다. 학생들은 조용했다. 귀찮은 건지 할 말을 잃은 건지 모를 일이었다. 보다 못한 내가 토론자로 나섰다.

"아니요, 왜 우리가 전부 미국 영주권을 원한다고 생각해요? 미국 이민법이 어떻든 상관없이 우리는 각자의 판단에 따라 바람직한 정치인과 정당을 고르고 지지합니다."

선생님이 중간에 치고 들어오며 내 말을 끊으려 했다. 그때 그를 향해 오른손 손바닥을 펴서 막는 표시를 했다. 곧 소리를 높여 한 음절 한 음절 또박또박 말했다.

"*Let. Me. Finish.* 나 말 안 끝났어."

순간 생각이 들었다. 아, 내 영어가 선생님과 언쟁할 수 있을 정도로 늘었구나. '내 말 안 끝났어' 혹은 '내 말 끊지 마' 이 표현을 두고두고 기억하고 있었다. 모델 타이라 뱅크스가 진행하는 오디션 프로그램 〈도전 슈퍼모델*America's next top model*〉에 나온 한 장면이었다. 수많은 모델 지망생이 치열하게 경쟁하며 기싸움을 하는 동안 합숙소에서는 종종 다툼이 벌어졌다. 경쟁하는 젊은 여성들의 건강한 힘, 이기고자 하는 에너지는 실로 대단했다. 공방전이 벌어졌을 때 서로 물고 물리며 경쟁적으로 말싸움에 끼어드는데 한 참가자가 뱉은 말이다. "내 말 끊지 마." TV를 보다 무릎을 쳤다. 이 표현은 외워둬야겠군. 언젠가 적재적소에 활용해보고 싶었다. 그래서 이민법을 놓고 선생님과 토론 수업을 하던 중 그 문장이 내 입에서 정확히 튀어나온 것이다. *"Let me finish."* 말을 하고 속으로 환호했다. 내 옆에 있던 한국 학생이 슬그머니 엄지손가락을 세우며 '누나 진짜 잘했어'라고 눈빛을 보내왔다. 원어민 선생님과 외국인 학생이 영어로 해야 하는 토론, 처음부터 불리한 배틀은 어쩌면 기세 싸움이기도 했다. 아직은 정확하게 주장하기 힘들어서 토론에 가담할 엄두를 못 낼 뿐이지 학생들에게 의견이 없는 게 아니었다. 그래서 선생님도 우리를 한껏 자극하고 싶었던 것 같다.

한번 들었던 재미난 표현을 그 당시의 전후 맥락과 함께 감각적으로 기억해놓았다. 그리고 활용해봤다. 이 습관은 오래된 친구와 했던 역할 놀이이기도 했다. 언어와 표현력에 관심이 많았던 친구의 영향이다. 잘 받아주는 친구가 있으면 어릴 때 아기가 말을 배우듯이 점차 어휘가 는다. 언어는 호응이니까. 음악도 영화도 모두 자료로 삼았다. 가끔은 학생회관 지하에 있는 깜깜한 음악감상실에서 의자에 파묻혀 음악을 듣다가 나오곤 했다. 어느 날 들려준 카멜의 〈Long goodbyes〉는 이렇게 노래했다. *Long goodbyes make me so sad.* 긴 이별들은 나를 슬프게 해. 수업이 끝나고 친구 수연과 함께 집으로 가는 길, 언덕을 내려가다가 수연을 먼저 집에 보내며 말했다. *Long goodbyes make me so sad.* 긴 이별들은 나를 슬프게 해. 우리는 서로를 향해 손을 흔들며 내일 보자 소리쳤다. 이렇게 대사와 노래 가사를 직접 말해보며 익숙해지고 시간 속에 각인시켰다. 문법이 틀려도 괜찮다. 어설펐던 표현들은 시간이 지나며 점차 다듬어진다.

어학원의 토론 수업에서 배운 건 사회생활에도 적용되었다. 발언권이 주어졌을 때 기권하면 안 된다고. 가만히 있으면 내 소중한 목소리를 버리게 되니까. 조용히 머물러 있으면 목소리 큰 사람의 의견에 통합되어 들어갔다. 그러니 아직 연습이 부족하다는 생각이 들어도 의사를 표시해야 한다. 영어를 완벽하게 구사하지 못해서 중간에 주춤해도 상관없다. 외국어니까 당연한 일이다. 누구든 긴장하면 말이 유려하게 나오기 힘들다. 잠깐 '마가 뜨는' 어색한 순간을 메꾸기 위해 과도기적 단어들을 외워두면 좋다. '그렇기 때문에*therefore*, 그럼에도 불구하고*nevertheless/however*, 한편으로는*on the other hand*, 내가 알고 있는 선에서는*as far as I know*' 이 중 하나를 골라 말한 뒤 한 박자 쉬고 말을 이어가면 된다. 마치 완급 조절을 의도한 듯. 머릿속으로는 다음 문장을 어떻게 말할지 회로를 돌리면서. 시간을 조금이나마 끄는 방법이다.

때론 모든 걸 말로 전하지 않아도 괜찮다. 사람들은 오히려 비언어적인 커뮤니케이션에 민감하다. 당장 모든 걸 반박하지는 않겠지만 너의 의견에 동의하지 않는다는 걸 분명하게 전달하는 방법이 있다. 말로 설명하기 힘들 때는 손짓이나 표정으로 표시하면 된다. 앉은 자세를 바꾸며 등을 의자 등받이로 한껏 젖히며 '나는 빠질게'라는 표시를 하고, 고개를 절레절레 젓거나 펜을 책상 위에 소리 나게 내려놓고 팔짱을 끼더라도 말이다. 중요한 건 회의실에 앉아 있는 나를 사소한 존재로 줄여버리지 말아야 한다는 점이다. 일단 몸짓으로 비동의를 표시한 이후 준비가 되었을 때 말하면 된다. 내가 회화 선생님을 손으로 막으며 멈추라고 표시한 것처럼 말이다.

토론 수업이 끝나고 학생들이 하나둘씩 교실에서 나가자 영어 회화 선생님이 내 책상을 향해 다가왔다. 필통을 챙기고 가방에 책을 집어넣고 나갈 준비를 하는 나를 지켜보면서 환한 미소로 한마디를 건넸다. "나는 *Assertive*한 여성을 좋아해." 처음 들어보는 단어였다. 어설티브? 무슨 뜻인가 싶어 얼른 전자사전을 꺼냈다. 그는 선생답게 스펠링을 하나씩 불러줬다. "A. S. S. E. R. T. I. V. E." 자판을 꾹꾹 누르는 동안 그는 동의어를 불러줬다. "*Be bold, Be aggressive.*" 자기주장이 분명한, 지지 않으려 하며 대담한. 아주 좋은 단어군. 싱긋 웃어 보이며 그를 향해 말했다.

"매우 합리적인 취향이네요."

그도 크게 따라 웃었다. 내게 뭘 어필하려는지 대충 알 것 같았다. 그는 곧이어 전화번호를 물어왔다. 단단한 몸매의 젊은 남성, 웨이트 트레이닝을 열심히 해서 터질 듯한 티셔츠에 하얀 건치를 자랑하는 키가 훤칠한 흑인 선생님이었다. 공화당을 지지하는 그의 사생활이 한편으론 궁금하기도 했지만 나는 더 큰 세상을 탐색해야 하는 미션을 가지고 이곳에 왔다는 것을 잊으면 안 되었다.

외국에선

내가

나의 보호자

혼자 어학연수나 해외 취업을 하게 된다면 자신의 '안전'을 1순위로 생각해야 한다. 나는 나를 안전하게 경호해야 하는 의무가 있다. 어떤 재밌는 일도 흥미로운 경험도 안전을 무릅써야 한다면 재고해봐야 한다.

유니버설 스튜디오에 다녀온 저녁이었다. 며칠 전부터 어학원 친구들과 수업이 끝나면 모여 만반의 준비를 하고 성사시킨 외출이었다. 버스를 두 번 갈아타야 겨우 도착하는 L.A. 할리우드의 유니버설 스튜디오. 길에서만 1시간 50분이 넘는 여정이었다. 어렵게 도착한 유니버설 스튜디오는 그렇게 좋을 수가 없었다. 어릴 적부터 영화를 좋아했던 나에게 이곳은 아드레날린이 뻗어나오는 꿈과 모험이 가득한 신비한 영화의 현장이었다. 〈위기의 주부들〉 세트 현장을 거쳐 마지막 〈워터월드〉 쇼까지 대단했다. 물세례를 맞아 옷이 홀딱 젖었지만 깔깔 웃으며 기념품 매장에서 산 큰 수건을 몸에 걸치고는 다 함께 버스에 올라 돌아오는 길이었다. 이제부터는 나 혼자 내려서 깜깜한 길을 헤치고 다시 한번 버스를 갈아타 집에 가야 했다. 버스가 제시간에 오면 그나마 다행이었다. 홈스테이 하우스는 정류장에서도 한참을 들어가야 한다.

정류장에 다다르자 멀리서 발광하는 현란한 불빛이 보였다. 창문으로 보니 LAPD라고 적힌 열두 대의 경찰차가 비상등을 켠 채 교차로를 꽉 채우고 있었다. 무슨 큰 사건이 일어난 게 틀림없었다. 굉음을 쏟아내며 낮은 하늘 위로 헬리콥터까지 날아다니고 있었다. 이제 버스에서 내려야 하는 나를 두고 친구들은 "걱정 마. 괜찮을 거야" 하며 등을 두드려줬지만 불안한 건 어쩔 수 없었다. 여기서부터는 혼자였고 옷은 홀딱 젖어 있었다. 코믹극이었던 〈위기의 주부들〉이 별안간 스릴러로 바뀌는 순간이었다.

영화 〈밀리언 달러 베이비〉에 이런 장면이 나온다. 체육관의 복싱 코치인 프랭키(극 중 클린트 이스트우드)가 여자 선수는 키우지 않는다며 여성 복서 매기(극 중 힐러리 스웽크)를 계속 밀어낸다. 끈질기게 설득하는 매기를 결국 제자로 받아들이며 첫 번째 조건을 내건다. 이것만은 지키겠다고 반드시 약속하라고 말한다. 극이 진행되는 동안 매기에게 또 확인하고 다짐받는다.

"*Now, what is the rule? Is to protect yourself at all times.* 자, 룰이 뭐랬지? 너 자신을 언제나 어디서나 보호하는 것."

얼마 후 집에 가던 중에 일이 벌어졌다. 캘리포니아에서 드물게 비가 내리던 오후였다. 갈아탈 버스를 기다리느라 정류장 근처 담배 가게 차양막에서 비를 피하고 있었다. 지붕 안으로 한 남자가 뛰어 들어왔다. 그는 손을 뻗으면 닿을 듯한 거리에서 담뱃불에 불을 붙였다. 그러고는 내게 말을 걸어왔다.

"비가 와요. 어디서 왔어요?"

"한국이요."

"한일 월드컵 경기 재미있게 봤어요."

비가 오는 오후 심심하던 차에 반가웠고 말동무 삼아 이야기를 나눴다. 생글생글 웃으며 말하는 백인 청년과 나란히 서서 이야기를 나누며 버스가 오는지 확인하려고 다시 찻길을 바라봤다. 그때 내 앞으로 LAPD라고 적힌 경찰차 한 대가 서서히 지나갔다. '어라, 좀 전에 경찰차가 지나갔는데 금세 또 가네.' 그런데 이번에는 지나가는 게 아니라 그 자리에 섰다. 건장한 경찰 둘이 재빠르게 차에서 내려 우리 쪽을 향해 뛰어왔다. 그리고 찰나에 남자의 양팔을 뒤로 꺾어 수갑을 채웠다. 순식간에 벌어진 일이었다. 이 사람도 한두 번 겪은 게 아닌 모양인지 너무나 온순하게 경찰의 연행을 따랐다. 조용히 끌려가는 그의 뒷모습을 황망한 얼굴로 바라보는데 수갑을 찬 오른손에서 담배가 툭 떨어졌다. 이럴 수가. 방금 전 내가 범죄의 표적이 되었던 건가.

그동안의 생활을 복기해보았다. 길을 걸을 때 누군가 옆에 따라붙는 경우가 여러 차례 있었다. 신경이 곤두선 나머지 비상연락망의 주소와 전화번호를 영어로 바로 말할 수 있도록 달달 외워놓아야 했다. 또 이런 일이 생기면 어쩌지? 이런 불안한 환경에서는 살 수 없었다. 외국에 나와 살면서는 내가 나의 보호자다. 거리에서 범죄자를 만나든 경찰을 만나든 그놈의 영어를 못 알아들어서 시키는 대로 안 하고 딴짓을 했다간 무슨 일이 일어날지 모르는 거였다. 영어 공부고 뭐고 안전한 게 우선이었다. 얼른 이곳을 떠나야겠다고 결심했다.

영어로 싸울 때는

두 문장이면 된다

리노는 걱정스러운 눈으로 나를 바라보며 조심스럽게 손을 포갰다.

"아무도 그녀를 이긴 적이 없어. 불만이 있어서 면담을 신청했다가 모두들 단칼에 거절당해 돌아왔어. 혹시 계획이 실패하더라도 너무 상심하지는 마."

리노를 향해 고개를 끄덕였다. 일단 다녀와서 어떻게 되었는지 알리겠다고 했다. 나는 이 어학원을 그만두고 싶었다. 잠자코 지내기엔 지금까지 부당한 일이 너무 많았다. 시설도 열악하고 주변 환경도 위험하고 홈스테이도 갈수록 불만이 쌓이니 얼른 결정을 내리고 싶었다. 며칠 동안 고민하며 시간을 벌었다. 어학연수를 시작할 때 몇 달간의 학비를 선불로 지불해놓은 상황이었다. 어떻게든 환불을 받아야 했다. 교장과 담판을 지으려면 빼도 박도 못할 확실한 근거가 필요했다. 바로 그날이었다. 스피킹 수업에 새로운 학생들이 대거 들어오는 바람에 의자를 복도에서 들고 와야 할 정도였다. 보통 열두 명 내외로 진행되는 수업에 열여섯 명이나 들어와 완전히 엉망진창이 되었다. 정작 선생님을 상대로 스피킹은 하나도 못 한 채 다들 이곳저곳에서 웅성거리다 수업이 끝났다. 그래서 오늘을 결전의 날로 잡았다.

내 계획을 듣고 함께 의견을 주고받던 리노와 도모코는 혹시 내가 상처를 받을까 봐 걱정하는 눈치였지만 해보지 않으면 모를 일이었다. 한 일본인 친구는 홈스테이를 바꿔달라고 했다가 교장실을 쫓기듯 나왔고, 한 한국 학생은 함께 사는 룸메이트가 마약을 해서 불안하다고 했더니 증거가 있냐며 돌려보냈다고 했다. 듣고 보니 교장은 우리를 아주 애 취급하는 듯했다. 우리 같은 외국인 학생과 교장이 논쟁한다면 우리는 백발백중 패하게 되어 있다. 오기가 생겼다. 이 사람은 학생들을 도와주기 위해 있는 게 아니라 어떻게든 문제제기를 막고 힘으로 압도하겠다는 자세로 버티고 있구나. 이 판사판이었다. 안 되는 영어로 싸울 때는 긴 말 필요 없다. 두 문장만 외우면 된다.

"*It is not acceptable.* 이건 용납할 수 없다."

"*I don't agree with you.* 당신이 말하는 것에 전혀 동의할 수 없다."

친구들과 헤어진 뒤 다시 학교로 돌아가는 길, 이미지 트레이닝이 필요했다. 옛날 옛적 겪었던 오만 가지 기억을 하나씩 떠올렸다. 화났던 일, 싸웠던 일, 부당한 일, 모든 경험을 머릿속으로 꺼내 곱씹었다. 전열을 가다듬으며 교장실을 찾아갔다. 말로만 듣던 교장은 남미 악센트가 심한 영어를 쓰는 브라질 출신이었다. 이름은 파울라, 목소리가 우렁차고 키도 컸다. 체격에서 이미 압도당할 만한 상대였다. 그러나 속으로 생각했다. 당신도 이민자 출신이면서 외국인 학생들을 상대로 면박을 준다고? 나는 조목조목 이야기를 시작했다. 안 되는 영어지만 며칠을 계속 생각했기 때문에 일단 뜻만 통하면 된다 믿고 따박따박 말했다.

홈스테이 하우스가 학교에서 너무 멀다. 숙소가 우범 지역에 있어서 며칠에 한 번씩 사건 사고가 일어난다. 나는 이런 환경에서 지내기 위해 그 먼 한국에서 비싼 돈을 들여 온 게 아니다. 유학원에서는 여기를 L.A.라고만 했지 근교라고 말하지 않았다. 아침에 등교하는 데 2시간이 걸리는 게 말이 되냐. *It is not acceptable.* 이건 용납할 수 없는 일이다. 그리고 홈스테이는 아침 저녁 두 끼 식사를 제공하기로 되어 있는데 제대로 준 건 손에 꼽을 정도다. 찬장에 인스턴트 음식만 가득 채워져 있고 그냥 꺼내 먹으라고만 한다. 홈스테이 가족은 주말마다 말도 없이 캠핑을 하러 가서 나 혼자 남아 있다. 이럴거면 내가 왜 비싼 홈스테이를 하냐. *It is not acceptable.* 이건 용납할 수 없는 일이다.

흥분한 상태로 말을 하니 생각해왔던 문법도 다 틀리고 버퍼링도 생겼다. 하지만 어쩔 수 없었다. 멈추면 안 된다. 계속해서 떠드는 게 교장실에서 쫓겨나지 않는 유일한 방법이었다. 이제는 초점을 어학원에 맞춰 따지기 시작했다.

오늘 수업에 들어온 인원이 무려 열여섯 명이었다. 제대로 선생님의 피드백을 받지 못했고 교류 없이 시간을 통째로 허비했다. 정원이 최대 열다섯 명인데 이건 위반이다. *It is not acceptable.* 이건 용납할 수 없는 일이다. 이럴 거면 소수 정예로 운영하고 시설도 좋고 원어민 선생님이 있는 한국의 영어 학원에서 공부하는 게 훨씬 낫다.

마침 기가 막힌 타이밍에 오전 수업 선생님이 문이 열린 교장실 앞 복도를 지나가고 있었다. 교장이 선생님을 불러 세우니 선생님이 정확히 사실을 확인해줬다. "맞아. 오늘 수업에 학생이 열여섯 명이나 들어왔어." 봤지? *It is not acceptable.* 이건 용납할 수 없는 일이야. 여기까지 얘기가 진행되니 교장 파울라가 응수하기 시작했다. 일단 내 말을 다 알아듣긴 한 모양이었다.

"여긴 L.A.야. 모두 바쁘게 살고 당연히 인스턴트 음식이랑 패스트푸드가 주식이라고."

"아니, *I don't agree with you.* 당신이 지금 말하는 것에

전혀 동의할 수 없어."

"위험한 사건은 어느 동네에나 다 일어나. 그게 왜 학교 책임인가?"

"그건 아니지, *I don't agree with you.* 당신한테 전혀 동의할 수 없어. 이건 내가 유학원에서 안내받은 조건과 너무 달라."

준비된 이야기를 모두 꺼내놓고 나니 이제는 반복밖에 답이 없었다. 이후로는 교장의 말에 계속 끼어들며 앵무새처럼 같은 말만 했다.

"*It is not acceptable.*"

"*I don't agree with you.*"

내가 한마디도 지지 않고 기세를 올리니 교장도 슬슬 지쳐가고 있었다. 치고 들어갈 타이밍이었다. 나는 당장 환불을 원한다고 으름장을 놓았다. 다 철수하겠다고. 그리고 한 가지 더, 외국인들을 상대로 하는 프랜차이즈 어학원에서 용납할 수 없는 방식으로 운영하는 것에 대해 쉽게 물러나지 않겠다는 분위기를 풍겼다. 소송이든 손해배상이든 집단행동이든 뭐든 각오하라는. 여기는 소비자의 천국 미국이지 않은가. 영어 공부 좀 해보겠다고 멀리까지 온 외국인 학생들을 볼모로 과도하게 불공정한 장사를 하다니. 누군가는 그녀에게 경고

등을 켜주어야 했다.

교장은 일단 나를 말렸다. 그리고 환불할 경우 어학원 방침상 수수료가 너무 많이 든다며 설득하려 들었다. 상관없다고. 일단 환불 처리하라고 큰소리를 쳤다. 교장이 사무직 직원을 부르는 사이에 나는 한참 팔짱을 끼고 있다가 고심한 척을 하며 한마디했다.

"양쪽 다 공평하게 양보하죠. 절 샌프란시스코로 전학시켜주세요."

애초에 어학연수를 중단할 생각은 전혀 없었다. 다 늦은 나이에 어떻게 한국을 떠나왔는데 고작 당신들한테 발목 잡혀서 도로 들어가겠는가. 얼마 전 샌프란시스코를 다녀온 리노와 도모코가 그곳의 어학원은 여기와는 다르게 시내 중심가에 있어서 접근성이 좋고 치안도 낫다고 했다. 혼자 다닐 수 있는 미술관에 쇼핑가도 있고, 모든 관광지가 트램으로 연결되어 있어 충분히 걸어서 갈 수 있는 거리였다고. 독립성과 기동성이 중요한 나에게 알맞은 환경이었다. 할 수만 있다면 본인들도 옮기고 싶다고 했다. 이들의 이야기를 들으며 생각했다. 내가 동대문 평화시장에서도 물건값을 깎는 사람이다. 흥정이라도 시도해보자.

교장은 내 제안을 받아들였다. 나는 이렇게 계획에 없었던 샌프란시스코로 떠나게 되었다. 리노와 도모코에게 교장과의 담판으로 전학을 가게 된 나의 사례를 친구들한테도 널리 알려달라고 했다. 기죽지 말자고. 우리의 영어 실력 정도만 되어도 교장이랑 붙어볼 만하다.

"야, 너도 할 수 있어. 두 문장만 외우면 돼. 그러니 지레 포기하지 마."

넌 영어가 늘고 있어,
그걸 믿어

아키코는 울면서 집으로 들어왔다. 벌써 몇 번째다. 샌프란시스코의 홈스테이 토니의 집에서 나와 방을 함께 쓰는 아키코는 10대에 운동을 하다가 뒤늦게 공부를 시작해 대학에 진학한 친구였다. 성실하고 배려심 많고 잘 웃는 사람이었다. 잘 우는 게 문제라면 문제였다.

영문도 모르고 아키코를 다독이며 옆에 앉아 울음이 그칠 때까지 기다려주었다. 인종 차별을 당한 거 아닌가? 큰일이라도 있었나? 시간이 지나자 서러운 마음이 잦아들었는지 아키코가 입을 열었다.

"나한테 '왓what'이라고 했어."

응? 그게 다야? 너한테 '왓What'이라고 말했다고? 아키코는 지친 표정으로 설명했다. 빈티지 숍에서 옷을 고르다가 하나 더 큰 사이즈가 있는지 물어봤는데 점원이 "왓? 왓?" 이렇게 말했다는 것이다. 두 번이나. 왓에 상처받은 나의 룸메이트 아키코는 집에 돌아오는 내내 울었단다. 왓 더 헬.

"왓이 왜 그렇게 너한테 상처를 줬어?"

"내가 영어를 너무 못해서 아무도 내 말을 이해하지 못해. 처음이 아니야. 여기 사람들은 매번 신경질적인 표정으로 인상을 쓰면서 '왓?' 이런다고. 난 미안하다고 하고 옷을 내려놓고 급하게 매장에서 나왔어."

"아니, 왜 네가 사과를 해?"

슬슬 성질이 올라왔다. 최대한 목소리를 차분하게 정돈하며 설명했다.

"네 잘못이 아니야. 점원이 말을 못 알아들었다면 너한테 다시 한번 예의 바르게 물어봤어야 해. 미국에서는 손님이 왕이야. 너는 그 매장에 어학연수 학생이 아니라 소비자로 간 거잖아. 점원이 네 말을 못 알아들었으면 그건 그 사람이 커뮤니케이션 능력이 부족한 탓이야. 그런데 너, 크게 말했어? 개미같이 기어 들어가는 목소리로 말해서 점원이 못 들은 거 아냐? 다음에는 크게 크게 말해. 상대방이 '왓?' 하잖아? 그러면 큰 소리로 외쳐. 미디움! 미-디-움! '넌 이렇게 쉬운 말도 못 알아듣니?' 하는 표정을 지어 보이는 거야. 가만 생각해봐라. 너도 내 말 못 알아들을 때마다 '뭐라고?'라고 묻잖아. 그거랑 똑같아. 주눅 들 거 하나도 없어."

언어에 자신감이 없으면 사람들은 쉽게 쪼그라드는 경향이 있다. 움츠러드는 건 찰나다. 많은 사람이 좌절감에 빠진다. 말수가 줄고 자세가 소극적으로 변하며 모든 일에서 뒷걸음질 치기 시작한다. 필요치 않은 사과를 하거나 목소리가 개미 소리처럼 작아진다. 그럴수록 크게 말해야 한다. 아주 작은 강아지들이 더 크게 짖는 것처럼 모든 건 기운 싸움이라고.

얼마 뒤 리노와 도모코가 샌프란시스코로 놀러왔다. 그날은 리틀 도쿄라는 곳에서 벚꽃 축제가 있던 날이었다. 리틀 도쿄는 일본인 이민자들의 커뮤니티다. 나는 비행기를 타고 온 둘을 마중 나갔고 우리는 서둘러 차를 렌트해 수많은 이벤트가 벌어지는 벚꽃 축제 목적지로 향했다. 바쁜 도심, 축제의 현장은 수많은 사람으로 붐볐다. 근처에 주차할 자리가 마땅치 않아서 쇼핑몰 주차장에 차를 세워놓은 게 화근이었다. 맛있는 일본 길거리 음식들을 맛보고, 기념품을 사서 기분 좋게 마무리할 뻔했던 축제 탐방은 렌트카가 견인당해 흔적도 없이 사라지며 당황스러운 결말을 맞이했다. 차가 없어진 빈자리를 셋이서 두 번 세 번 다시 확인하며 "정말 없어졌어"라고 서로 묻고 답하며 황당한 표정을 확인했다. 우리는 택시를 타고 견인한 차들이 모여 있는 공용 차고지에 도착했다. 차고지 내부에는 대표로 운전자 한 명만 들어갈 수 있다고 했다. 렌트를 계약한 도모코만 들어가고 우리는 접수처 입구에서 기다렸다. 그런데 잠시 후 도모코가 얼굴을 감싸며 울면서 나오는 게 아닌가. 일단 놀랐고 화가 났다. 아니, 대체 우리 애한테 뭐라고 나무란 거야? 차고지 담당자를 향해 따지듯 목소리를 높였다. "무슨 일이죠?" 자신은 무고하다는 표정으로 멀뚱하게 서 있을 뿐 설명해주지 않았다. 시내로 돌아오는 길은 내가 운전했다. 물 한 모금을 마시고 등을 기댄 채 뒷자리에서 진정하던 도모코를 확인하고, 이제야 질문을 건넸다.

"도모코, 왜 울었어. 지금은 괜찮은 거야?"

도모코는 한숨을 쉬면서 대답했다.

"내가 너무 한심해서 그랬어. 그 사람이 내 말을 하나도 못 알아듣는 거야. 그동안 영어 공부를 한 게 다 헛수고였나, 여기까지 와서 지금껏 뭘 한 건가 싶어서 말이야."

헛웃음이 나왔다. 뭔가 모욕적인 말이라도 들은 줄 알았다. 슬퍼하는 사람을 태우고 가면서 나는 담담하게 말했다.

"도모코, 난 항상 네 말을 다 알아들었어. 넌 영어가 늘고 있어. 그걸 믿어."

잘 해내고 싶어서 애쓰는 모든 조바심과 기대감은 때로는 울음을 터뜨리게 하고, 자책감에 빠지게도 했다. 만약 우리가 스페인이나 인도네시아 같은 나라로 여행을 떠났을 때, 현지 사람들이 내 말을 못 알아들었다 해도 과연 이만큼이나 큰 충격을 받을까. 현지 언어를 모르고 관광 책자에서 겨우 몇 마디 외워 여행지에 도착했을 확률이 높다. 그런 말도 안 되는 실력으로도 가게나 버스에서 겨우 말이 통하면 일단 무척 기쁠 것 같다. 의사소통이 된 게 용하지. 그러나 우리는 유독 영어에 강박증을 가지고 쉽게 주눅이 들었다. 어차피 우리는 외국인이고 배우는 입장이기에 틀릴 수밖에 없고 그게 당연한 일이었다. 강박을 가졌을 때 그 압박감이 나를 발전하도록 도와주는지 위축되게 하는지는 자신이 더 잘 안다. 그렇게 우리는 본국을 떠나지 않았다면 느끼지 않았을 당혹감과 창피함을 여러 각도에서 실습해보고 있었다.

시간이 지나 국제회의를 조직하는 팀에 들어가 관찰해보니, 발언권을 얻어 발표하는 사람들 중에 특히 자신감이 넘치는 사람들이 있었다. 그 자신감은 영어를 얼마나 완벽하게 구사하는지와 정비례하지는 않았다. 이탈리아 대표단 중 한 명은 말할 때마다 듣는 사람들을 대단히 긴장하게 만들었다. 시제도 틀리고 이탈리안 특유의 악센트도 너무 강해서 귀 기울여 듣지 않으면 알아듣기 힘들 정도로 괴상한 영어를 구사했기 때문이다. 하지만 그 사람은 아랑곳하지 않았다. 이해하든 말든 그건 당신들 몫이라는 태도를 보였다. 반면 비슷한 시기에 만나게 된 일본 대표부에서 나온 공무원은 나와 한참 이야기를 주고받다가 대뜸 "제 영어가 부족해서 미안합니다"
라고 했다. 손사래를 치며 나는 곧장 "아니요, 전혀요. 사과
하지 않아도 됩니다. 저는 그렇게 느끼지 않았습니다"라고
대답했다.

우리는 언어를 배우면서 뜻하지 않게 사과할 일도 생기
고 마음이 미어지는 경험도 한다. 이 과정을 반복하며 조금
이라도 상처를 덜 받기 위해서는 어떻게 해야 할까. 우리가
시작한 출발 지점, 말이 하나씩 통한 게 신기하다고 좋아하
던 기특한 기억을 붙드는 게 낫지 않을까. 난 늘고 있어, 그걸
믿자.

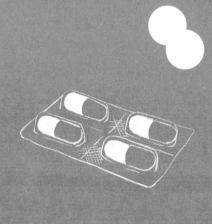

뜻은

통하면 된다

TV를 켰다. 영어 자막을 틀어놓고 생각했다. 나도 저 TV 속 미국인처럼 말하고 싶다. 저 사람들처럼 소파에 둘러앉아 피자를 먹으며 쓸데없는 토론도 하고 그러다 연애도 하고. 영화 속 주인공들은 꼭 빨래방이나 피트니스 같은 우연한 장소에서 누군가와 말을 섞으며 친구가 되더라. 그들은 완벽한 영어를 구사한다. 나도 언젠가 저렇게 말해보고 싶었다. 문제는 일상적이고 재치 있는 영어를 구사하기까지 어느 정도 하세월이 걸리냐는 의문이었다. 마음이 바빴다. 또 한 번의 주말이 지나가고 있었다. 미국인처럼 말하고 미국인처럼 발음하고 그들의 억양과 어투와 제스처를 완벽하게 카피하고 싶었지만 방법을 알 리 없었다.

어학원에서 우리 반은 한국인이 적었다. 스피킹 성적이 우수한 학생들로 포진된 반이라서 유럽과 남미 학생들이 많았다. 그중에 낀 한국인 학생들은 모두 똑똑했다. 하지만 토론 시간만큼은 유럽에서 온 학생들이 가장 열성적이었다. 나를 포함해 한국인 학생들은 우리의 영어가 완벽하지 않다는 걸 잘 알았고 토론에 참여하면서도 자꾸 틀려서 속상해했다. 문장의 호응과 시제를 잘못 말하고 있다는 걸 인지하면 곧 다시 고쳐 말했다. 그 모습은 자신 없이 버벅거리는 것처럼 보였다. 반면 유럽 학생들은 본인이 틀리든 말든 계속 떠들었다. 그럴수록 한국 학생들은 더 입을 닫았다. 완벽하지 못할 바에는 듣기만 하는 게 망신당할 여지를 줄일 수 있으니. 실수하고 싶지 않아서, 잘하고 싶어서 그렇게 다들 스스로에게 엄격했다. 미국인처럼 청산유수로 말하고 싶다는 열망은 무척 헛된 것처럼 느껴졌다.

그러던 어느 날 나의 생각을 바꿔준 사건이 벌어졌다. 리노와 도모코와 차를 렌트해서 외출하기로 한 날이었다. 우리는 햇살이 가득 내리쬐는 저 언덕의 할리우드 간판을 지나 베벌리힐스의 쇼핑 거리에 도착했다. 로데오 드라이브였다. 모든 L.A. 시민들이 베벌리힐스에 사는 것은 아니라는 걸 그제야 알게 되었다. 화려한 영화에나 나오는 그곳은 가끔 우리 같은 관광객들이 구경이나 하러 가는 곳이었다. 하이엔드라고 불리는 유명 디자이너들 브랜드 매장 앞에서 우리는 놀라운 장면을 보게 되었다. 쇼핑가를 누비고 있는 한 노인의 존재였다. 몸집이 크고 고약한 냄새를 풍기는 홈리스 할아버지가 여기저기 사람들을 물색하며 돌아다니고 있었다. 빳빳한 새 스타벅스 종이컵을 손에 들고 근처 사람들에게 다가가 궁시렁거리며 컵 안에 든 동전을 찰랑찰랑 흔들었다. 돈을 달라는 뜻이었다. 오 마이 갓, 저 컵 좀 봐. 과연 베벌리힐스구나. 여기서는 거지도 스타벅스 컵을 들고 구걸을 하네. 영업이 잘 안 되었는지 할아버지는 공격적으로 움직이며 내 쪽으로 다가와 말을 쏟아냈다. 순간 나는 말문이 막혔다. 아니 이럴수가, 노숙자 할아버지의 영어가 이렇게 유창하다니! 1차로 깨달음이 왔다. '세상에, 저렇게 영어를 잘해도 노숙자일 수 있구나!' 곧이어 2차 깨달음도 있었다. '그래, 무엇을 말하는지가 중요해. 핵심은 내용이다.'

유창하고 완벽한 미국 영어를 구사하겠다고 매일같이 집착했던 내 자신이 한순간 덧없이 느껴졌다. 관점을 바꾸어야 했다. 어륀지든 오렌지든! 언어는 본질이 아니라 수단이라고. 뜻은 통하면 된다. 어휘는 배우며 점차 늘리면 된다. 틀리거나 모른다고 입을 다물면 성장하던 실력은 거기서 멈춰버린다. 아니, 사용하지 않으면 오히려 후퇴한다. 당장 정확한 영어 단어를 모를 때에는 묘사를 하든 스무고개를 하든 머리를 짜내 상대방에게 내 뜻을 설명하면 되는 거였다.

영국에서 식물을 연구하는 과학자 안희경 박사의 칼럼을 읽은 적이 있다. 제목은 〈모국어로 과학을 한다는 것〉●. 영국 현지의 문화나 관습을 뼛속까지는 모르기 때문에 실험실 안에서 소소하게 벌어지는 일들로 글이 시작된다. 실험실 사람들과 함께 연구하며 사람들이 싱거운 농담을 하거나 추억 속의 무언가를 이야기할 때 한국인인 본인은 혼자 고개를 갸우뚱하는 일이 많다는 이야기가 있었다. 그때 동료들은 이해심을 발휘하고 도와준다. 곧장 어휘가 생각이 나지 않을 때 벌어졌던 에피소드도 적혀 있었다. '해열제'가 생각이 안 나서 '*fever down medicine*고열을 내리는 약'이라고 풀어서 말했다는 내용이다. 모국어가 아닌 영어로 연구해야 하는 고충과 답답함을 담담하게 적어놓았는데 필자가 칼럼 마지막에서 쓴 내용이 내 생각과 비슷한 결에 가닿았다.

"하지만 동시에 실험을 하며 느끼는 부족함은 단순히 영어가 부족하기 때문만은 아니라는 것도 깨달았다. 교수님과 한국어로 대화를 나누면서도 알 수 없는 갈증이 계속 느껴졌기 때문이다. 무엇이 부족한 걸까?"

● 에디티지 인사이트, 2020년 6월 9일 www.editage.co.kr/insights/doing-science-in-your-native-language?refer=insights-kr-twitter_medium=social

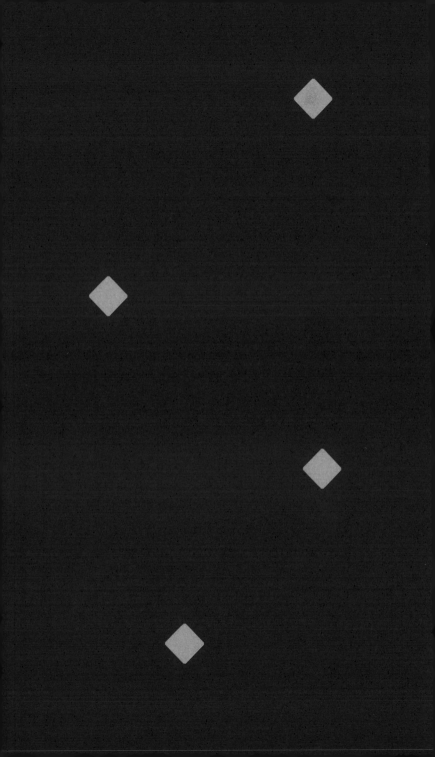

중요한 건
라이팅 실력이라고!

"What matters are your writing abilities"

미스터 빼고,

롤란도라고 불러요

나는 캘리포니아 북부 샌프란시스코에서 자아가 숨 쉴 수 있는 다른 삶의 방식과 풍경을 조금씩 배웠다. 수많은 타인의 취향에 흡수되던 시간들, 그들이 정한 비슷비슷한 인생 경로에 대해 다시금 생각해볼 틈이 주어졌다. 서로에게 새로운 시각과 개성을 알려주며 다른 세상을 걷는 홈스테이 친구들을 만났기에 가능한 일이었다.

그 무렵 스위스 제네바의 NGO 와이즈멘 본부로부터 오매불망 기다리던 이메일을 받았다. 차기 유스 인턴으로 선발되었다는 소식이었다. 수많은 도움의 손을 거쳐 계속해서 고쳐 쓴 영문 자기소개서와 추천서, 프로포절, 이력서로 이뤄진 나의 지원서가 사무국의 선택을 받은 것이다. 한국에서 '스펙'이라고 불리는 공인 성적은 전혀 포함되지 않았다. 학교 이름도 중요치 않았다. 토익 점수도, 기능사 자격증도 없었다. 오로지 봉사활동, 외부 기고문, 발표 등이 빼곡하게 적힌 이력서였다. 그동안 쓸데없는 경험이라고 치부 당했던 수많은 활동이 쓸모 있어지는 순간이었다.

유스 인턴은 와이즈멘 인터내셔널이라는 이 NGO에 딱 한 자리 존재하는 포지션이었다. 20대, 그것도 만 스물일곱까지만 지원할 수 있었다. NGO 내 많은 리더의 관심과 배려가 집중되는 축복받은 자리. 네 꿈을 펼쳐보라며 NGO에서 다음 세대 젊은이를 키우려고 만든 포지션이고 다양한 도전과 고군분투의 삶이 허락된 자리였다. 만 27세. 지원 자격에 분명히 적힌 나이 제한에 아슬아슬하게 턱걸이로 걸려 합격했다. 천운이었다. 새로운 세계를 향해 유럽으로 날아갔다. 처음 가보는 유럽이었다.

내가 탄 비행기는 뉴욕을 출발해 일단 런던에서 내렸다. 런던에서 제네바행 비행기로 갈아타는 동안 천근 같은 짐을 끌고 다니느라 팔이 뻐근했다. 한쪽 바퀴가 빠진 가방을 억지로 끌고 다니는 건 미련한 짓이었다. 어떻게든 돈을 아끼려니 어쩔 수 없었다. 앞으로 1년 동안 제네바에서 살아야 하니 기본적으로 필요한 것들을 모두 가져와야 했다. 새 여행 가방을 살 예산이 없으니 어쩔 수 없이 바퀴 하나 빠진 걸 무시하고 짐을 다 담았다. 그래 봤자 당장 필요한 옷과 신발, 타월, 대용량 화장품 크림, 책과 노트뿐이었다. 작은 여행 가방에 가장 무거운 짐들을 차곡차곡 쌓아 넣고 무리해서 가방을 눌러 닫았다. 모든 일의 기준은 비용 절감이다. 계획을 세울 때도, 동선을 결정할 때도, 늘 염두에 두어야 했다. 수중엔 돈이

200달러밖에 없었다. 어학연수를 마치고 마지막 남은 전 재산이었다.

어학연수 기간 동안은 수입은 없고 지출만 있는 상황이었으니 위축되는 마음은 어쩔 도리가 없었다. 언제쯤 그 무엇이든 마음껏 허비해볼 수 있을까. 제네바에서 지내는 동안은 조금 나아질까? 인턴의 월급과 기숙사, 보험료 등 생활 지원 규모가 어느 정도인지 자세히 안내를 받았지만 전 세계에서 물가 비싸기로 유명한 스위스에서의 생활비는 아직 가늠이 되지 않았다. 돈을 아껴야 한다는 강박은 늘 몸에 배어 때로는 충실히 즐겨야 할 많은 것을 놓치게 만들었다. 주변을 둘러보고 새로운 공기를 한 모금 마시며 만끽할 틈을 주지 않았다. 이렇게 고정된 태도는 쉽사리 바뀌지 않았다. 즐기고 만끽하고 낭비하는 일에 마음이 불편해질 만큼. 대신 우선순위는 명확해졌다. 곁가지의 자잘한 것들은 저절로 가지치기가 됐다. 그리고 앞으로의 소망 리스트가 생겼다.

런던에서 제네바까지의 비행 거리는 겨우 1시간 20분이다. 그렇게 10월의 어느 토요일 오전, 나는 제네바 공항에 도착했다. 입국장으로 향하는 길을 둘러보았다. 벽에 붙은 럭셔리한 시계 광고, 네스프레소 커피 캡슐 광고, 천장에 매

달린 표지판, 어느새 언어가 바뀌어 있었다. '*Sortie/Exit*나가는 길.' 온통 불어로 적힌 제네바 공항의 안내판을 바라보는 것만으로도 설레어 마음이 수선스러워졌다. 무거운 여행 가방을 챙겨 나갈 채비를 하며 긴장 속에서 옷차림을 추슬렀다.

토요일 오전의 공항은 다소 한산했다. 입국장 저편에서 목을 빼고 나를 기다리는 동료 제임스가 보였다. 나와 비슷한 또래이고 NGO 활동을 하며 국제 콘퍼런스에서 함께 퍼실리테이터로 일한 사이였다. 나는 손을 번쩍 들어 "나 여기 있어!" 하며 인사를 했다. 그런데 제임스의 옆에서 덩달아 나를 향해 반갑게 손을 흔드는 사람들이 보였다. 세상에, 저 두 분은 롤란도 달마스와 글로리아 달마스, 사무총장 부부가 아닌가! 설마 나를 보러 휴일에 공항까지 온 건가? 겨우 말단 신입, 그것도 유스 인턴이라고 불리는 계약직 스태프를 위해 공항까지 직접 마중을 나오다니.

"미스터 달마스! 만나서 반갑습니다. 여기까지 나와주셔서 감사합니다."

"어서 와요, 환영합니다. 미스터 빼고 롤란도라고 불러요."

미스터 달마스는 천근만근같이 무거운 내 여행 가방을 대신 받아주었다. 머리카락이 희끗희끗한 NGO의 사무총장이 카우보이 부츠를 신고 나타난 말단 인턴에게 반갑게 인사를 건네고는 짐까지 대신 들어주다니. 게다가 '미스터'라는 호칭도 빼고 이름으로 불러달라고 했다. 한국에서의 직장 경험과 완전히 상반된 일이었다. 외부 인사를 존칭으로 부르지 않고 '○○ 씨'라고 불렀다고 지적받았던 기억과는 반대되는 경험이었다. '선생님'이나 '선배'라고 불러야 옳다고 했다. 여행 가방을 끌고 가는 롤란도를 쳐다보는데 글로리아가 내 옆에서 물었다.

"멀리서 오느라 고생이 많았어요. 장기 비행에 컨디션은 괜찮은가요? 함께 점심 식사하러 가요."

'노룩 패스'를 시전하며 일을 시켜도 될 만한 사무총장님이라는 분이 첫 만남 당시 보여준 친근하고 성숙한 태도는 작은 시작에 불과했다. 그는 사람에 대한 존중을 알려주고 동료들을 성장시키는 '어른'이었다.

롤란도는 무거운 여행 가방을 번쩍 들어 차에 실어주며 아무래도 가방 안에 돌이 든 것 같다고 농담을 건넸다. 우리는 롤란도가 끌고 온 경차에 끼어 앉아 내 기숙사로 출발했다. 청량한 스위스의 풍경과 공기가 이제야 눈에 들어왔다. 산들바람을 맞으며 나는 속으로 생각했다. '미스터 달마스, 그가 나를 향해 '롤란도라고 불러요'라고 말했어.' 앞으로 1년

동안 내가 상대할 조직 최고 수장의 믿기지 않을 만큼 자연
스럽고 점잖은 태도였다.

멀티컬처럴리즘,
수용과 공존하는 법을
배우다

　막연한 미래를 생각하며 불안감과 초조함을 느끼는 것은 당연한 일이었다. 내 인생이 도대체 어느 방향으로 가는지 나도 잘 몰랐다. 5년 뒤, 10년 뒤를 바라보는 것은 고사하고 오늘밤 잘 곳이 정해졌다는 것에 안도하고 깨끗한 물에 발을 씻을 수 있다는 사실에 큰 위안을 받았다. 1년 전만 해도 나는 방송사 편성국의 좁은 작가실에서 게스트 섭외 전화를 걸고 있었다. 그때는 미래를 확신하지 못했다. 그저 마음만 조급했다. 하지만 다행인 점도 있었다. 다양한 일과 수많은 돌발 상황을 겪으며 점차 단련되는 것 같았다. 깎여나가는 기분이 아니라 풍성해지는 느낌이었다. 동시에 불안한 마음을 다스려야 했다. 매일이 새로운 경험이라고. 이유가 있겠지, 답이 있을 거야. 당장 알지 못할 뿐.

　낯선 곳을 떠돌면서 '오늘 내가 머무는 곳이 내 집이다'라고 생각하기로 마음먹었는지도 모르겠다. 떠돌며 지내다 비로소 근로자가 되어 온 유럽, 그리고 내 방이 생긴 제네바에서의 첫날. 기숙사 문을 열고 들어오니 깨끗하게 정돈된 방과 잘 다려진 이불보가 반가웠다. 언어를 배우고 다양한 세계를 경험해보겠다고 지난 몇 달 동안 수없이 짐을 싸고 풀며 미국 서부에서 동부로 떠돌던 내가 한동안 머물 곳이라 생각하니 그제야 크게 숨이 쉬어졌다.

남의 나라에서 계절이 바뀌는 경험은 무척 흥미로웠다. 하지만 이방인으로서 계절이 바뀔 때까지 시간을 보낸다는 것은 솜사탕이 증발하듯 모아놓은 경비가 없어진다는 뜻이기도 하다. 세상에는 소모되기만 하고 재생되지 않는 존재들이 있다. 시간과 고정 생활비다. 교통비를 아끼느라 뉴욕의 골목골목을 하도 걸어 다녀서 결국 샌들 밑창이 떨어져나갔다. 그 와중에도 잊지 않으려고 노력했다. 나는 이곳에 관광을 온 게 아니라고. 비싼 도시만 골라 다니며 적은 예산으로 아껴 사는 동안 이 시간을 충실히 보내기 위해 다짐한 것은 언제나 두 가지다. 경험과 영어.

기숙사 방은 아담했다. 물가 비싼 스위스에서 아늑한 숙소를 제공받는 건 그야말로 신의 축복이다. 제네바는 주택난이 심하다. 어마어마하게 비싼 월세는 말할 것도 없다. 우리 사무실은 매년 바뀌는 유스 인턴을 위해 이 숙소를 장기 임대하고 있었다. 이후에 함께 일하게 된 회사 인턴은 3개월 동안 세 번이나 이사를 다니기도 했다. 기숙사 책상엔 메모가 붙어 있었다. 회사 동료인 영국인 캐롤이 남겨놓은 쪽지였다.

'*Aeree, the water in the tab is safe to drink.*' 수돗물이 마셔도 될 만큼 깨끗하다고 적혀 있었다. 과연 알프스와 에비앙 이웃 동네구나. 여행 가방을 열어 옷장을 차곡차곡 채우고 보니 이제 여기가 내 집이구나 싶었다. 앞으로 1년은 여기가 내 공간이다. 사무실과의 계약은 정확히 11개월이고 맡은 일을 잘 해낸 후 나는 다시 떠나야 한다.

그날 저녁 기숙사 공동 주방은 번잡했다. 각각의 이유로 이곳에서 삶을 꾸려가는 온갖 인종의 청년들은 꽤 할 말이 많았다. 불어로. 나는 이들의 대화를 전혀 알아듣지 못했다. 우리 층엔 동양인 여자가 딱 한 명이었는데, 바로 나다. 찬장 선반에 전임자가 두고 간 기본 조리 기구들이 있었다. 프라이팬, 작은 냄비, 후추 그라인더, 꽤 많은 양이 남아 있던 소금통과 설탕통 등이었다. 그리고 단 한 벌의 젓가락이 있었다. 양념통 포장지엔 무려 세 가지 언어로 적힌 설명서가 붙어 있었다. 스위스 공식 언어인 독일어, 불어, 이탈리아어가 차례로 친절하게 적혀 있었다. 그럼 무엇하랴. 세 언어 모두 모르니 손가락으로 찍어 먹어보는 수밖에. 까막눈의 삶은 조금 불편할 수밖에 없다. 경험으로 지식을 획득해야 한다. 직접 맨땅에 구르다 보면 결국 체득되겠지. 찬장을 보며 살림살이를 확인하는 내 모습을 포착한 한 청년이 옆에서 말을 걸어왔다.

그의 영어에서는 엄청나게 강한 불어 악센트가 들려왔다.

"봉주흐*Bonjour*! 혹시 310호에 새로 온 인턴이에요? 와이 즈멘 유스 인턴?"

"네, 맞아요. 오늘 제네바에 도착했어요."

"반가워요. 내 이름은 레미예요. 그 방이 한 달 넘게 비어 있어서 언제 오나 기다리고 있었어요."

레미는 저쪽 복도에서 떠드는 한 사람을 불렀다.

"다비드, 인사해!"

레미와 다비드는 나를 이쪽 복도에서 저쪽 복도까지 이 끌고 다니며 그야말로 전 층의 기숙사생들과 인사를 시켰다. 최소 열다섯 번쯤 자기소개를 마친 후에야 자기소개의 늪에 서 벗어날 수 있었다. 영어로 자기소개를 할 때는 이름, 국적, 무슨 이유로 제네바에 오게 되었는지, 어디서 공부를 하거나 근무를 하는지 등을 서로에게 알려주었다. 인사를 하자마자 나이를 묻거나 누가 형인지 동생인지 서열을 정리하려고 시 도하는 사람은 단 한 명도 없었다.

20대의 기숙사생들은 무척 수다스러웠고 서로에게 알려 야 할 사건들이 많았다. 매일 아침저녁으로 만나는 인물들인 데도 마치 오래전에 만난 친구를 보듯 반갑게 포옹하며 볼 뽀뽀를 세 번씩을 했다. 알고 보니 이곳은 각종 국적의 인종들이 그것도 온갖 종류의 견습생과 교환학생들이 잔뜩 모인 인턴 하우스였다. 스위스 호텔에서 실습하는 인턴, 유엔 산하 국제기구에서 일하는 인턴과 컨설턴트, 대사관에서 일하는 단기 인턴, 은행에서 일하는 수습사원, 벨기에, 프랑스, 스페인, 튀니지, 러시아, 레바논 등지에서 온 교환학생들이 전 층에 가득했다. 매력적인 인간들이 젊은 에너지를 뿜어내고 있었다. 일과를 끝내고 돌아온 평일 저녁엔 각종 언어가 복도의 공기를 떠들썩하게 채웠다.

전 층을 돌며 기숙사 메이트들에게 나를 소개시킨 레미와 다비드는 본인들의 저녁 식사에도 초대했다. 레미는 신선한 채소와 불린 쿠스쿠스를 준비하며 닭고기를 구웠다. 공용 주방엔 각자 프라이팬을 꺼내 저녁을 준비하는 뒷모습들이 보였다. 모두들 단출한 살림을 쪼개 쓰고 있었다. 주방 불 앞에서, 찬장에서 허브를 꺼내며, 개수대에서 설거지하며, 채소를 씻으며, 요리 동선이 겹치지 않게 서로 발을 밟지 않으려고 노력하며 잘 비껴 다니는 모습이 흥미로워 보였다. 자유분방해 보이는 이곳에서도 나름의 룰이 있었다. 보이지 않는 원칙들을 하나씩 탐구하고 발견해가는 게 내 몫이었다.

그날 저녁 나는 이들과 흥미로운 대화를 나눴고 많이 웃었고 처음 만나는 얼굴들과 셀 수 없이 많은 볼 뽀뽀를 했다.

저녁을 마무리하고 깨끗한 기숙사 방에 누워 충만한 안도감을 느꼈다. 주머니 사정이 넉넉하지 않아 소박하게 살림하는 모습에 동질감이 생겨났다. 이렇게 친구들이 잔뜩 생겼구나. 근사한 저녁 테이블에 초대받으며 더할 나위 없는 환대까지 받았네. 도착 첫날의 밤이 그렇게 흘러갔다. 피부색도 다르고 문화도 다른 나를 계산하지 않고 의심 없이, 경계심도 없이 환대해준 '선한 사마리아인'들 속에서.

나와 비슷한 처지에 있는 존재들, 목표를 이루기 위해 열렬히 행동하는 건강하고 젊은 에너지에 둘러싸여 생활한다는 것은 앞으로의 생활에도 은근한 지지가 되었다. 그리고 이들이 가르쳐주는 멀티컬처럴리즘, 다문화를 접했다. 나 또한 남의 발을 밟지 않으려 노력하며 다양한 사람들을 수용하고 공존하는 방법을 깨우치기 시작했다. 변화를 거부하고 전통만을 고수하려는 사람이라면 펄쩍 뛸 만한 '극도의 다름'을 받아들이는 일이었다. 우리 안에는 유태인도, 무슬림도, 성소수자도, 정통 공산주의자도 있었으니까. 함께 섞이면서도 특정 음식을 강요하지 않았고 함부로 비난하지 않는 저마다의 방식을 유심히 지켜봤다. 같은 공간에서 동선이 부닥치지 않도록 비켜 다니며 서로가 '다름'을 건드리지 않고 안전하고 현명한 방식으로 공존하는 모습을 볼 수 있었다.

해외에서 일하거나 다국적 기업에서 근무하게 된다면 다양한 인종과 국적의 사람들을 만나게 될 것이다. 다른 환경에서 자란 수많은 경계인과 섞여 지내며 역사적 민감성을 갖추고 대화를 이끌어나가는 건 관계 맺기에도 중요한 시작점이 되었다. 내가 이해받고 싶은 만큼 타인을 이해하려고 애쓰는 마음은 상대에게 순식간에 전달되었다. 타인과 나 사이에 있던 담장이 무너진다. 기숙사 첫날부터 우리는 뿌리도 철학도 달랐던 '사마리아인'의 자세로 서로를 포용했다. 이를 시작으로 무수한 세계와 만났다. 서로를 타자화하지 않은 결과였다. 모두가 이방인의 정체성을 지닌 신기한 장소에 와 있다는 것을 비로소 실감했다.

세상에는

다양한 영어가

존재한다

　기대와 긴장을 가슴속에 담고서 NGO 본부에 첫 출근을 했다. 미국 동부에서 서유럽으로 장기 비행을 했고 5시간이나 시차가 있었지만 하나도 피곤하지 않았다. 각성과 흥분의 효과였다. 처음 해보는 해외 취업이지 않은가. 이제부터는 출근부터 퇴근까지 근무시간 내내 영어로 일해야 하고 퇴근 후 저녁 식사 장을 보러 가서는 불어로 의사소통을 해야 한다. 마음을 다잡았다. 새 직장에서 맡은 프로젝트를 잘 해내야 한다고. 게다가 영어로. 우리 조직은 전 세계 네트워크를 통해 다양한 펀드를 조성하고 프로그램을 만들었다.

　본부 사무실의 규모는 의외로 소박했다. 전 세계 100여 개국을 아우르며 멤버와 조직을 운영한다고는 믿기지 않을 정도로 작았다. 살림도 검소했다. 아담한 평수에 소형 냉장고, 네스프레소라고 적힌 단순한 캡슐 커피 머신이 있었다. 냉장고엔 각자의 점심 도시락과 우유, 간식용 사과와 자두 몇 알이 들어 있었다. 벽면에는 역대 총재들의 사진이 걸려 있었다. YMCA와 국제 와이즈멘*Y's Men International*은 미국에서 시작된 NGO여서인지 역대 총재의 반 이상이 미국인이었다. 한국인도 두 명 있었다. 그리고 흑백사진 약 스무 장 중

단 한 명의 여성 총재 사진이 중간쯤 걸려 있었다. 그분 역시 미국인이었다. 함께 일할 동료들은 이미 이곳에서 10년 혹은 20년 이상 근무한 베테랑들이었다. 여섯 명의 스태프 중 절반이 영어 모국어 화자들이었다. 편안하게 적응할 수 있도록 전담 트레이닝을 해줄 사람은 곧 퇴직을 앞둔 영국인 캐롤과 호주에서 온 제임스였다. 영어 모국어 화자들은 모두 악센트가 강했다. 폴린은 중국 혈통의 말레이시아인이면서 영국식 교육을 받은 중년 여성이었는데, 캐롤과 제임스를 포함해 이들이 영어로 대화를 시작하면 정신을 차리기 힘들 정도였다. 사무총장 롤란도는 우루과이 사람이라 스페인어 악센트가 무지하게 강했다.

하지만 내가 남의 악센트를 말할 때가 아니었다. 이들과 회의를 하면 머릿속 버퍼링 속도가 확 떨어졌다. 귀와 뇌의 데이터 처리 역량이 현저히 느려진다는 느낌이 들었다. 정신을 똑바로 차리지 않으면 앞에 앉은 제임스와 옆에 앉은 폴린이 말하는 문장을 해독하지도 못하고 끝났다. 지난 8개월간 미국에서 기껏 어학연수를 했는데 단어 하나하나를 주워듣고 이해하는 속도가 이렇게나 느려터지다니. 맙소사, 예상치 못한 전개였다. 미국식 영어에 길들여진 내게는 더 어려운 억양과 처음 들어보는 영국식 표현들이 가득한 미지의 세상이었다. 왜 몰랐을까. 세상에는 다양한 영어가 있다는 것을. BBC 뉴스라도 열심히 볼 걸. 영국 영어로 말하는 영화가 뭐가 있었더라? 워킹 타이틀에서 만든 작품들?

미국만 영어를 쓰는 게 아닌데 어째서 그동안 다양성에 노출되지 않은 채 한쪽에만 매몰되어 있었던가. 미국 드라마를 보며 최대한 미국 원어민의 발음을 모사하려고 애썼던 시간들이 이렇게 새로운 국면을 맞게 되었다. 글로벌 기업이나 국제조직에서는 충분히 있을 만한 일인데 전혀 대비를 해놓지 못했다니. 준비는커녕 필요를 감지하지도 못했다. 미리 연습할 시간도 없이 이렇게 닥쳐서야 알게 되다니 한심한 노릇이었다. 어학연수 기간 동안 하우스메이트들과 브로큰 잉글리시를 사용하며 스스럼없이 어울렸지만 지금은 상황이 다르다. 나는 지금 직장에 있으니까.

며칠 뒤 회계사 앤드류가 내 서류들을 하나씩 처리했다. 스위스 체류증에 관한 서류와 필수 적용 건강보험, 회사에서 제공해주는 휴대전화 개통과 세금 신고, 국민연금 납부 등이 진행되었다. 회계사인 앤드류는 NGO 두 군데에서 파트타임으로 일했다. 모친은 베네수엘라인, 부친은 미국인, 계부가 스위스인이라 여러 언어를 모국어만큼 자유자재로 구사하는 사람이었다. 국제 NGO에서 일하려면 다양한 문화 배경에서 자란 사람만큼의 능력치와 포용력이 있어야겠구나 싶었다. 앤드류는 나를 데리고 이곳저곳 서류를 발급하러 다녔다. 그는 내게 스위스 초콜릿을 먹었느냐고 물었다. 아직 안 먹어봤다고 하니 소스라치게 놀랐다.

"안 먹어봤어요? 스위스에 온 지 3일이 지나도록 아직 초콜릿을 맛보지 못했단 말이에요? 아니, 사무실 사람들은 지난 이틀 동안 뭘 해준 거죠? 얼른 갑시다. 초콜릿 사줄게요."

앤드류는 큰일이라도 난 듯 발걸음을 재촉하며 방향을 바꾸어 한 공원을 가로질러 갔다. 공원에는 푸른 잔디가 깔렸고 수백 년도 더 되어 보이는 멋진 나무가 울창했다. 여기저기 꽃이 놓여 있었고 커다란 대리석 조각들도 보였다.

"그거 알아요? 여기 공동묘지예요."

"네? 여기가 공원이 아니라 묘지라고요?"

"저 방향으로 깊숙이 들어가면 어딘가에 칼뱅 묘지가 나올 거예요, 장 칼뱅."

"뭐라고요? 기독교 종교개혁을 한 그 칼뱅 묘지가 여기에 있다고요?"

"사람들이 여기 벤치에 앉아 피크닉을 해요. '상테Sante!' 하면서 건배를 하기도 하죠. 남의 묘지 앞에서 '건강!'을 외치며 잔을 마주친다니 재치 있지 않아요? 하하."

앤드류는 나를 보고 웃었지만 잘 들리지 않았다. 묘지를 가로질러 넘어와 회사 앞 작은 구멍가게에서 앤드류는 초콜릿을 사서 두 개는 자신이 챙기고 내게 두 개를 건네주었다.

정신없이 다양한 영어 악센트를 들어가며 근무를 시작한 첫 주, 신기한 표정으로 매 순간을 보냈다. 사무실 문을 열면 저쪽에서는 호주 영어가 들려오고 이쪽에서는 영국 본토 잉글랜드 영어가 들려왔다. 나의 영역으로 재진입한 불어까지. 뇌를 여러 개로 쪼개어 사용해도 모자랐다. 딱딱하고 진한 초콜릿을 먹듯 다양한 언어를 열심히 잘 녹여야 했다. 동료들은 최대한 마음을 써주었다. 혹시 못 알아듣는 눈치를 보이면 두 번씩 설명해주었다. 보통의 사기업에선 어림도 없는 일이었다. 너무 다른 영어 악센트의 홍수 속에서 애쓸 무렵 어렴풋이 진실을 눈치채게 되었다. 내 영어가 얼마나 엉망인지 다 알면서도 모른 척해줬다는 사실을. 내 영어가 충분히 괜찮다고 말한 건 다 거짓말이었다. 곧 사건이 벌어졌기 때문이다. 미국 영어가 전 세계에서 통할 거라 믿었던 나는 그저 미국산 미디어에 잘 길들여진 사람이었던 것이다. 유럽에 와서야 그 믿음이 깨지기 시작했다.

중요한 건
라이팅 실력이라고!

　토익 점수가 필요했다. 한국 기업의 공채시험 1차 서류 전형에서는 영어 공인 점수를 제출하라고 하니까. 상황이 급변해 당분간 '토익'이라는 숙제에 쫓기는 신세를 면할 수 있었다. 어학연수 중 NGO에 합격했기 때문이다. 그때 짐을 정리했다. 한국을 떠나오며 무겁게 챙겨왔던 몇 권의 토익 책도 처분했다. 가장 미련 없이 처리한 물건이 토익 책이었다. 《해커스 토익》 리스닝 편과 리딩 편, 몇 번이나 펼쳐봤을까. 리딩 편은 처분하지 않는 게 좋을 뻔했다. 제네바로 옮겨와 업무를 시작한 지 한 달 남짓 되던 날 사무총장 롤란도가 나를 조용히 불렀다. 근무 환경은 어떤지 일은 잘 진행하고 있는지 질문하며 한마디를 꺼냈다.

　"앞으로 업무 메일은 제임스나 캐롤에게 검사받도록 해요."

　"네? 제 이메일을 전부요? 모두 다요?"

　콘퍼런스 조직 업무를 신나게 추진하던 차였다. 자존심이 상해서 순간 볼살이 떨렸다. 스태프들이 보내는 모든 이메일은 사무실 공용 이메일 주소를 참조하게 되어 있었다. 즉, 동료들이 내 이메일을 함께 열람한다는 뜻이다. 롤란도가 설명을 이어갔다.

"또래 그룹 사이에서 주고받는 메일은 상관없지만 국제 총재나 지역 대표들과 업무 메일을 주고받을 때엔 형식적인 워딩을 써야 합니다. 오해 없이 정확한 표현을 적어야 하고요. 우리는 국제단체입니다. 대륙마다 분명히 문화 차이가 존재하고 조심스럽게 다뤄야 하는 소재들이 있어요. 이 부분을 훈련받으면서 갈등을 미리 방지하자는 겁니다. 당신을 보호하는 방법입니다."

지난주에 내가 보낸 업무 메일이 지나치게 저돌적이어서 아프리카 지역 사무소와 충돌이 날 뻔했었다. "당신들이 일을 지연시켜서 모든 과정이 늦어지고 있으니 다음 주 월요일까지 틀림없이 보내세요"라고 적은 메일이었다. 맞는 표현은 대체 뭘까? "만일 그쪽 여건이 허락한다면 다음 주 월요일에는 우리가 계속 일을 진행할 수 있도록 협조해주시겠습니까? 그렇게 된다면 정말 고맙겠습니다. 우리 쪽에서 도울 일이 있다면 주저하지 말고 연락주십시오." 이렇게 써야 옳았다. 게다가 내 문장엔 시제가 틀린 부분도 있었고 고압적인 단어도 있었다. 하지만 억울했다. 이미 자존심이 상할 만큼 상했는데 이게 나를 보호하는 방식이라니 이해하기 힘들었다. 속이 상해서 눈물이 쏟아질 뻔했다. 상심한 나머지 고개를 떨구고 있는 내게 롤란도는 위로의 말을 건넸다.

"우리는 영어가 모국어가 아니라는 핸디캡이 있어요. 나도 우루과이 사람이라 영어가 모국어처럼 원활하지 않죠. 사무총장인 나도 중요한 문서를 작성할 때는 캐롤에게 반드시 검사를 받아요."

그 순간 세상의 모든 영어 모국어 화자들이 미워졌다. 속이 상해서 며칠 동안 말수가 줄었다. 하긴 그동안 영어 글쓰기는 정식으로 해본 적이 없었다. 특히나 공적인 글쓰기는 한 번도 해본 적이 없다. 업무 이메일은 필요에 따라서 형식을 바꾸어 쓸 줄도 알아야 하고, 때로는 정중한 청유형 문장과 외교적 수사를 써야 하는데 나는 그걸 다룰 수 있는 영어 실력이 부족했다. 힘든 마음을 뒤로하고 짧은 메일이든 긴 메일이든 작성 후 캐롤이나 제임스에게 리뷰를 부탁했다. 캐롤의 사무실을 기웃거릴 때마다 어린애 취급받는 것 같아 창피하고 모멸감이 느껴져 며칠 잠적해버리고 싶었다. 그러던 어느 날 여전히 불평하는 나를 폴린이 멈춰 세웠다.

"뭐가 그렇게 속상하니? 네 글에 첨삭 지도를 받을 수 있는 좋은 기회잖아. 형식이나 매너도 중요하지. 결국 어느 회사에서나 중요한 건 라이팅 실력이라고 우리는 모든 걸 문서와 이메일로 이야기하잖아."

폴린의 말이 맞았다. 내게는 기회였다. 사무실에 영어 선생님이 두 분이나 있다는 거네. 영국 사람 그리고 호주 사람. 이들은 나를 지적하고 무시하려는 게 아니라 잘할 수 있도록 도와주려는 거라고. 마음가짐을 바꾸니 갑자기 마음의 평화가 찾아왔다. 이후 매일매일 뉴스레터에 들어갈 글과 웹사이트에 올릴 다양한 종류의 글을 써냈고, 제임스와 캐롤은 내 글을 빨간 펜으로 고치고 편집하느라 업무가 늘어났다. 하루는 바쁜 제임스를 대신해 폴린에게 영어 수정 요청을 하니 단박에 읽고 피드백이 돌아왔다.

"도대체 뭘 쓴 거니? 하나도 못 알아보겠어. 캐롤이랑 제임스가 지금껏 엄청 고생했겠다."

자그마치 10개월 동안 두 선생님은 내 영어 작문을 빨간 펜으로 첨삭 지도해주었고, 나의 라이팅 실력은 점증적으로 나아졌다. 문장을 쓰고 '검산'을 한 차례 하는 게 얼마나 중요한지 그때 알게 되었다. 폴린은 여전히 엉망이니 더 신경 써서 탈고하라고 잔소리를 했지만. 그사이 사무총장 롤란도는 내게 프레젠테이션 업무를 주고 홍보 분야 업무를 더 맡겼다. 조금씩 실력이 나아진다는 확신에 안도감이 생겼다. 축복과도 같은 시간이었다. 빨간색으로 물든 종이들을 모두 모아 바인더에 묶어놓고 책처럼 다시 읽었다. 피에 젖은 나의 성장

역사가 따로 없었다. 자주 등장하는 비슷한 오류가 보였다. 기억해두었다가 다음번에는 같은 실수를 줄이려고 애썼다. 선배들이 지적하고 고쳐주는 내용을 겸허한 마음으로 받아들이며 흡수해나갔다. 두 분의 영어 선생님은 나 때문에 업무가 늘어났는데도 짜증 한 번 내지 않고 가이드해주었으니 두고두고 고마운 은인들이 아닐 수 없다. 그때부터 지금까지 습관을 만들었다.

영어로 이메일을 쓰거나 기획안을 쓸 때 최소 두세 번은 다시 읽어보기. 짧은 이메일도 마찬가지다. 이메일 앞부분에는 상대의 이름을 호명하며 *Dear* ○○, 혹은 *Hi* ○○를 쓴 뒤 한 줄을 비우면서 공백을 둔다. 답장이라면 주로 첫 문장은 지난번 메일에 관해 고맙다는 이야기로 운을 띄운다. *Thank you for your earlier email.* 혹은 안부를 묻는다. 되도록 한 문단에 한 가지의 이야기를 한다. 업무 이야기를 나누어야 하고 문자로 쓰는 것이니 '이렇게 하는 게 어떨까, 저렇게 하자'는 요지의 뉘앙스를 살리려면 *Would, Could, Should, Let's*를 쓰고 명령조로 들리는 *must*는 되도록 피한다. 작성을 마치면서 *Best regards*, 혹은 *Regards*, 이후 한 칸을 내려와서 ○○ 이름으로 마무리한다.

Dear OO,

Thank you for your earlier email on OO issues.

Could you please finalize this paper until the end of this weekend?

(구체적인 이유와 요청, 동의할 내용을 Let's, can we로 시작하는 표현을 사용해 완성한다.)

I look forward to hearing from you soon.

(너의 빠른 답변을 기대할게.)

Best regards,

내 이름

　다 쓴 후 처음부터 다시 읽어가며 하나씩 짚어보고 더 나은 표현이나 명확한 단어가 없을까 생각하며 조금이라도 교정한다. 나는 같은 단어가 반복해서 나오지 않도록 어휘를 달리 표현해보려고 시도했다. 동일한 단어가 반복해 나오면 성의 없어 보인다. 영어로는 이 작업을 *Proofreading*프루프리딩이라고 부른다. 프루프리딩을 여러 차례 반복하다 보면 곧 느껴진다. 그 어떤 기술과 첨단도 꼼꼼함을 못 이긴다는 것을. 가까운 동료한테 보내는 이메일도 성의 있게 한 번 더 확인하고 전송 버튼을 누른다. 한국어든 영어든 문장이 엉망인 이메일을 받고 나면 대충 썼구나 싶어서 진심이 느껴지지 않는다.

내가 쓴 영어 문장이 틀리든 말든 당신이 알아서 재주껏 해독하라는 태도는 절대 금물이다. 매번 저런 태도로 남에게 미룰 것 같아서 함께 일하고 싶은 마음이 사라져버린다. 오타가 있는지도 봐야 한다. 기획안을 받았을 때 문법이나 철자가 틀린 걸 발견하면 작은 오류 하나로도 신뢰도가 떨어진다. 중요한 문서라면 동료한테 부탁해서 한번 검토해줄 수 있는지 묻고 내용을 전혀 모르는 사람의 눈으로 검수를 받는다. 구글 번역기에 적어보는 것도 좋은 방법이다. 틀린 맞춤법이나 오타를 짚어준다. 시간이 부족하다면 눈으로라도 한 번은 훑는 게 좋다. 폴린의 말처럼 우리는 모든 걸 문서와 이메일로 이야기하니까. 여러 사람이 의견을 주고받으면서 답장에 답장을 거듭하며 이메일을 회신할 때 제일 먼저 내가 보낸 이메일에 오타나 문법적 실수가 있다면 답변을 받을 때마다 꼬리에 꼬리를 물어가며 모두에게 수신이 된다. 도망칠 구멍도 없고 두고두고 얼굴이 화끈거릴 수밖에. 신기하게도 영어 작문을 꼼꼼하게 하다 보니 한국어 글쓰기 실력도 나아졌다. 새로운 눈으로 처음부터 끝까지 한 문장 한 문장을 다시 읽고 고친다.

영어 말하기 연습

영어 말하기 연습을 하며 혼잣말이 늘었다. 시작은 어학연수 시절부터다. 아침부터 씻고 옷을 입으면서 가족들이 자고 있는 홈스테이 집을 나서며, 혼자 길을 걷고 버스를 타고 계단을 오르며 끊임없이 영어로 생각을 표현했다. "진짜 겨울 맞아?" 옆에 아무도 없지만 굳이 영어로 말했다. "*Is it really winter now?*" 언제 또 캘리포니아에 와보겠나 싶어서 눈에 보이는 수많은 장면을 하나씩 묘사하기 시작했다. 어학연수를 왔다고 해도 항상 말할 상대가 곁에 있는 건 아니었다. 빈 시간을 어떻게든 채워야 했다.

급기야 혼자서 질문하고 대답했다. '비 맞은 중 담 모퉁이 돌아가는 소리'라는 표현이 있다. 다른 사람이 알아듣지 못하도록 중얼거리거나 불평 가득한 속마음을 표시한다는 뜻인데, 어쩌다 보니 내가 그랬다. 그동안 혼잣말하며 길거리를 다니는 사람을 보면 애처롭게 여겼다. 하지만 영어 스피킹 연습을 하려면 어쩔 수 없었다. 의외의 횡재도 있었다. 어학원의 자판기 앞에서 음료수를 뽑아 마시려고 동전을 하나씩 넣다가 "난 지금 50센트가 더 필요해" 하는 내 목소리를 듣고 옆을 지나던 같은 반 친구가 황급히 동전을 넣어주기도 했다. 어학원 친구들과 이야기할 때는 아예 규칙을 정해놓고 서로 잘못된 표현이나 발음을 고쳐주려고 애썼다. 서로의 장점을 살려 나는 발음 담당, 일본인 친구 리노는 문법 담당이었다. 혼자 있을 때에도 쉴 수 없었다. 언어를 자연스럽게 흡수하려면 일상에서 맴돌게 해야 하는데 그 스위치를 꺼버리는 순간 집중력이 곧바로 식어버렸다. 나에게 말을 건네는 상대는 내가 다시 발동이 걸릴 때까지 기다려주지 않는다. 그 공백을 줄여보고 싶었다.

'오늘은 버스표를 충전하는 날이다. 잊지 말 것!' 지금 당장 떠오르는 생각, 느끼는 감정을 영어 문장으로 만들고 입으로 읊조렸다. 영어 단어와 문장이 자연스럽게 입술에 맴돌도록. 라디오에서 들려오는 말소리에도 대꾸하고 TV 광고에서 성우가 하는 말도 섀도잉하며 따라 했다. 그러면서 누군가 정말로 말을 걸면 한국어가 아닌 영어가 곧바로 나올 정도로 입에 기름칠을 했다. 제일 먼저 익숙해진 건 감탄사였다. 소다수 병뚜껑을 열 때 거품을 타고 탄산이 위로 솟구치는 것처럼 벌컥 튀어나왔다. 놀랄 때 "어머나!" 대신 "*Oops*"가 튀어나왔고 "이런 젠장"이 아니라 "*Oh, shit*"이 먼저 나왔다. 익숙해진다는 뜻이었다. 하루는 도모코가 물었다.

"너 혹시 꿈도 영어로 꾸니?"

"어? 그런가?"

가끔은 나도 헷갈릴 정도였다. 소리만 크게 내지 않았을 뿐 그야말로 온종일 혼잣말을 했다. 어느 순간부터 나는 혼자가 아니었다. 감정과 생각을 꺼내보고 문장으로 표현하는 동안 내 안의 수많은 세포가 보낸 여러 개의 자아가 서서히 등장했다. 그동안 어디에 숨었는지 조용하던 세포들은 시의적절하게 존재감을 드러냈다. 곧이어 내 마음의 혼잣말은 대화체가 되었다. 드라마 〈유미의 세포들〉처럼 '이성 세포' '감성 세포' '걱정 세포' '자린고비 세포' '여행 세포' 등 다양한 세포들이 모습을 드러냈다.

'아무리 파격 세일을 한다고 내 발보다 두 사이즈나 큰 운동화를 사는 게 맞는 선택일까?'

'어차피 반의 반값도 안 되잖아. 완전 거저네. 운동화가 예쁘니까 어떻게든 두꺼운 양말로 스타일을 살려볼 수 있다고. 자, 예쁜 양말도 한 켤레 사자.'

두 개의 목소리를 길어 올려 머릿속으로 영어 대화를 하게 했다. 패션 세포와 자린고비 세포는 한참이나 논쟁했다. 모두 나의 소리였다. 내 속엔 내가 너무도 많았다. 늘 입 주변에 두 개의 자아가 때로는 세 개의 자아가 죽순처럼 솟아올라 능동적인 토론을 시작했다. 재밌는 건 거기서부터였다. 단지 시간 대비 효율이 높은 영어 공부를 위해 이것저것 머리를 짜내어 새로운 연습법을 실습한 것뿐인데 어느새 나는 내 목소리를 듣는 올바른 경청자가 되어 있었다.

나는 의식적으로 많은 감각을 묵살하며 살았다. 직장에서 평가받는 입장이라는 게 그렇다. 쓸모 있는 인간이라는 사실을 보여주고 누군가의 불쾌감을 피해보려고 노력하다가 나 자신이 아예 없어져버리는 부작용을 뒤늦게 눈치채게 되었다. 그래서 아픈 줄도 모르고 병원도 제때 가지 않았다. 타인에게만 민감하게 대응해야 하는 것, 그게 업무상 나의 역할이라고 정해졌을 때에는 하지 못하는 것들이 있다. 내 마음을 가장 먼저 알아차리는 것, 그리고 그 방향으로 행동하는 것. 이제는 할 수 있을 것 같았다. 멀리 떠나왔지 않은가.

영어 대화 상대를 찾느라 나 자신을 밖으로 꺼내 계속 말을 걸던 중 마음을 탐색하고 돌보게 된 것은 예상하지 못한 일이었다. 하지만 놀라움은 그걸로 그치지 않았다. 효과는 직장에서도 나타났다. 인턴십을 시작하러 도착한 NGO에서 나는 죽이 되든 밥이 되든 일단 의견을 드러내고 설명하는 사람이 되어 있었다. 문법이 틀렸어도 끝까지 문장을 마쳤다. 회의 중에도 이메일에서도 내 생각을 내놓았다. 이게 웬일인가 싶었다. 이제는 한국에서처럼 면박을 당할까 봐 입 다물고 있던 내가 아니었다. 마음과 대화하는 동안 내 의견을 또박또박 발화하는 연습을 하고 있었던 것이다. 머릿속에서는 끊임없이 문장을 다듬으면서 자연스럽게 윤문을 하고 있었다.

토론 수업을 받아본 적 없는 한국인들은 공개 회의에서 자신의 의사를 섬세하게 표시하고 메시지를 명확하게 드러내는 데에 훈련이 필요하다. 부딪치고 싶지 않아서 뒤로 물러나 설득조차 하지 않으려는 경우도 많다. 그래 놓고 뒤에서는 딴소리를 한다. 토의하는 시간에 물 흐르듯 익숙해지지 않으면 그 자리가 불편하고 아예 피해버리고 싶어진다. 강약 조절이 안 되니 처음부터 작정하고 말하면 마치 화를 내는 것처럼 보인다. 상대방은 고압적이라 느낀다.

토론의 훈련, 나는 혼잣말로 신랄한 시뮬레이션을 해보며 지속했던 모양이다. 보스에게 내 의견과 생각을 전달하고 함께 결정할 수 있는 옵션을 상의하는 게 중요한 상황에서 혼자 연습해온 대화법 시뮬레이션은 빛을 발했다. 스피킹 연습 상대가 없어서 주변을 두리번거리다 내 속의 자아를 건져 올린 결과였다.

영어 읽기는

노래 가사부터

일요일마다 뉴욕 맨해튼 코너스톤 교회에 예배를 드리러 갔다. 그곳에는 아주 작은 성가대가 있었다. 많이 모여야 다섯 명이 전부였다. 놀랍게도 그 적은 인원으로 소프라노, 알토, 테너, 3성부가 구성되었다. 단출하지만 모두가 자기 몫을 하는 신기한 성가대였다. 지휘자는 음악 학교에서 성악 유학을 하던 대학원생 S였다. 젊은 음악도 S는 왼손에는 악보를 들고 소프라노 파트를 가창하며 오른손으로 지휘를 했다. 황홀한 음색과 기술적인 콜로라투라 소프라노를 가까이에서 보는 건 처음이었다. 그가 우리를 향해 팔을 올리고 손가락을 펼치면 다양한 신호가 등장한다. 부드럽게, 점점 느리게, 점점 강하게, 음악 부호들을 섬세한 손짓으로 전해왔다.

지휘하며 노래하는 그의 표정을 바라보는 것은 실로 경이로웠다. 그뿐 아니었다. 음정과 가사에 감정이 실려왔다. 신비로운 기운에 매번 넋을 잃고 S의 노래를 들었다. 왜 그의 음악을 들으면 방금 전까지 없던 감정이 만들어지는가. 마음이 기우는가. 영문도 모른 채 의아했고 노래를 들을 때마다 가슴속에서 나비가 날아다니는 듯 기분이 이상했다. 그는 소위 말해 표정과 소리로 밀고 당기기를 하고 있었다. 그리고 몇 주 동안의 관찰을 통해 나비의 날갯짓 같은 기분의 비법을 알게 되었다. 그 비밀은 '가사'에 있었다.

S는 연습하기 전에 우리에게 악보를 나눠주고 영어 딕션이 좋은 사람을 지목해 가사를 처음부터 끝까지 소리 내어 읽도록 했다. 그러면 지목받은 사람은 모두에게 선명히 들리도록 낭독을 시작했다. 우리는 낭독을 들으며 악보에 적힌 가사를 눈으로 따라갔다. 해석과 독해가 시작된 것이다. 낭독이 끝나면 S는 가사를 모두 이해하겠느냐고 질문을 해왔다. 작은 성가대에서 어학원생 신분의 '한국 토종'은 나 혼자였다. 나는 슬그머니 손을 들고 모르는 단어가 있다고 질문했다. 그러면 이민 2세인 누군가가 단어를 설명해주었다. 때로는 영어로, 때로는 한국어를 조금씩 섞어가며. 고개를 끄덕이면 이제 본격적으로 곡 연습이 시작된다. 전체 문장의 분위기와 의미를 통째로 받아들이고 이후 악보에 적힌 가사를 다시 마디마다 쪼개어 읽었다. 음표를 확인했다. 곧이어 음을 배우고 타 성부와 함께 화음을 쌓아갔다.

선율 위에는 글이 살포시 올라가 있었다. 의미를 이해하고 몸으로 받아들이는 것, 애초 작곡가와 작사가가 담고자 했던 것을 가창에 녹여달라는 요구, 슬픈 곡은 슬픈 감성으로 환희에 가득찬 곡은 기쁨을 가득 넣어 세상 속으로 꺼내고,

정제된 글과 감정을 목소리를 통해 담아내야 했다. 시 낭송을 하는 자세로 한 걸음씩, 한 문장씩 곡을 이해하고 스토리를 쌓아가며 구현하니 자연스럽게 표정이 풍부해질 수밖에 없었다. 나의 마음을 실어놓았기 때문이다. 먼저 글을 이해하고 있으니 가능한 일이었다. 가사를 낭독하고 그 안에 마음을 담기. 나에게 이 과정은 영어 가사를 깊게 음미하는 방식을 훈련하게 했다. 뿐만 아니라 노래라는 장르, 곡의 스토리를 해석하는 연습이 되었다. 애초 작사가는 그 질감에 맞는 단어를 선택하느라 고심했을 거란 생각이 들었다.

그제야 보이는 것들이 있었다. 악보를 펼치면 작곡가가 악보 맨 위에 적어놓은 단어들이 눈에 보이기 시작했다. '풍성하게' '기쁨을 담아' '비탄에 잠겨' 작곡가는 그의 음악을 연주해줄 가수들에게 구체적으로 부탁하고 있었다. 책을 펼치면 맨 처음 '작가의 말'이 있듯이 악보에도 작곡가의 말이 있었다. 작곡가의 의도를 명확히 이해하고 해석해달라고. 음악이라는 것을 조금은 알 것 같았다. 영어 가사를 읽어나가기 시작하자 아무 생각 없이 멜로디를 부르며 리듬과 분위기만 즐겨왔던 습관이 달라졌다. 구체적인 스토리를 주목하는 방식으로 바뀌어갔다. 곧 나는 좋아하는 팝의 가사를 찾아 읽어보기 시작했다. 싱어송라이터들의 노래를 찾아 시를 읽듯 읊

조리면 더 좋았다. 많은 싱어송라이터의 작사에는 이들의 세계관이 스며 있다. 자존감이 높고, 자기 서사를 말하고, 자신을 노래로 표현하는 것에 망설임 없는 여성 뮤지션들의 곡을 들으면 기운이 느껴진다. 테일러 스위프트의 '*Look What You Made Me Do*', 아리아나 그란데의 '*Thank U, Next*'가 좋은 예시다.

이후 나는 '리딩'을 어려워하는 사람들에게 조언한다. 노래 가사, 즉 노래 시 낭독에서 시작하면 된다고. 리딩 실력을 늘리겠다고 무턱대고 어려운 텍스트부터 잡으면 중간에 포기하기 십상이라고. 한 문단도 읽기 어려운 마당에 두꺼운 책이나 영자 신문은 때려치우라고. 긴 분량 때문에 지레 압도당할 테니까. 아무리 긴 팝송이라도 종이 한 장을 넘어가는 법이 없다. 게다가 후렴은 반복된다. 그러니 '영어 읽기'를 가벼운 마음으로 시작할 수 있다. 혼자서 하는 낭독이 슬슬 지겨워질 때즈음 가까운 노래방에 가서 노래를 불러도 된다.

어휘는

재미있게,
온몸으로 습득하라

영어 말하기와 글쓰기 훈련을 위해 선생님들이 교과서처럼 조언하는 방법이 있다. 미국 역대 대통령의 연설문을 원문으로 찾아 읽으라는 것. 중고등학교 때 저 방법을 활용해 칭찬을 들은 사람이라면 뭘 해도 성공할 사람이다. 미안한 얘기지만 나에겐 엘리트 코스를 밟은 기득권 남성이 대부분인 역대 미국 대통령의 존재감이 크지 않다. 당시 미국의 시대 상황을 반영한 텍스트이고 미국 국민들에게 전하려고 써 내려간 메시지가 와닿을 리 없잖나.

내가 좋아하는 콘텐츠는 따로 있었다. 내 삶에 등장한 최고의 드라마 〈섹스 앤 더 시티〉는 내게 뉴욕이라는 도시에 대한 선망을 심어주었다. 여성들의 커리어, 패션, 우정, 연애 이야기가 가득한 이 드라마는 내 욕망과 나의 언어에 맞닿아 있었다. 테일러숍에서 옷을 맞춘 것처럼 내 몸에 꼭 맞았다. 칼럼니스트 캐리, 변호사 미란다, 미술관 큐레이터 샬롯, 홍보회사 CEO 사만다, 네 명으로 이뤄진 에너지 충만한 30대 여성들의 대화는 모호하지 않고 통쾌하다.

주인공 캐리 브래드쇼는 예쁜 옷과 하이힐을 사랑하는 패셔니스타다. 주말마다 친구들과 소호에서 브런치를 하고 섹스와 사랑에 대해 적나라한 대화를 주고받으며 서로에게 자극과 영감이 되어주는 관계가 그려진다. 칼럼니스트인 그녀는 맨해튼의 집 창문 앞에 테이블을 놓고 앉아 뉴욕의 거리를 바라보며 글을 쓴다. 애플 노트북을 열고 타자를 치며 프로페셔널한 여성들의 관계성에 관한 스토리들을 풀어내 매체에 연재한다. 어떤 문장을 적었는지까지 노트북 화면에 또렷하게 보인다. 싱글 여성이 겪는 커리어 갈등과 연애 고민을 엿볼 수 있다. 영어 공부를 하기에 안성맞춤인 콘텐츠였다. 캐리는 기본적으로 글을 쓰는 작가다. 어휘 면에서도 일상적인 단어와 글에 쓰는 언어가 함께 등장한다. 새로운 단어가 등장할 때마다 그 표현을 외워두었다. 또 다른 특징은 에피소드마다 주인공의 선명한 내레이션이 펼쳐진다는 점이다. 처음부터 마지막까지 음성도 어찌나 또박또박 말하는지 똘똘한 발음 교재로 쓰기에 적합하다.

저녁마다 온스타일에서 방영하던 에피소드를 하도 챙겨봐서 술술 외울 지경에 이르렀다. 성취하고 싶고 사랑하고 싶고 수다스런 친구들과 끈끈하게 연결된 존재인 나의 얘기였고 내 목소리와 가장 닮았기 때문이다. 물론 헤어진 연인에게 집착하는 모습은 공감하기 힘들었지만. 독립적인 싱글 여성이 대도시에서 겪는 일과 실패와 상처에 관한 솔직한 서

사. 자신의 에고에 충실해도 된다고 말해주는 언니들의 이야기. 네 명의 여성이 성장해가는 매 시즌을 보며 나와 비슷한 세대의 여성들은 자신의 욕망에 각성하고 스스로 계몽했다. 〈섹스 앤 더 시티〉는 내게 교본이고 꿈이며 목적지였다. 캐리의 그 선명한 목소리가 어느새 나의 목소리가 되어가는 마법을 경험했다. 친구들이 말하길 "〈섹스 앤 더 시티〉엔 캐리가 있지만 우리에게는 애리가 있지"라고 말할 정도니.

빼놓지 않고 챙겨본 또 다른 콘텐츠는 〈프로젝트 런웨이 *Project Runway*〉다. 역시 패션을 사랑하고 뉴욕을 선망하는 나에게 대단히 소구력 있는 프로그램이었다. 오디션 프로그램을 좋아하는 이유가 있다. 꿈을 향해 도전하는 사람들의 에너지를 만나면 나에게도 묵혀왔던 목표가 있다는 사실이 떠오른다. '맞아. 나도 이뤄야 할 꿈이 있어.' 당장 뭐라도 해야겠다는 동기를 부여해주었다. 치열한 도전자들의 멘탈을 보며 감탄하거나 경악한 적도 많다. 꼴찌를 겨우 면한 출연자가 씩씩하게 눈물을 닦고 다음 단계를 준비하는 자세, 혹평을 들었을 때 어떻게든 수습해보려는 태도를 보면 나도 정신이 차려진다. 패션 잡지 편집장과 유명 브랜드의 디자이너로 구성된 심사위원들이 각각 어떤 포인트에서 결과물을 평가하는지

지켜보는 관전 포인트도 흥미롭다. 때로는 패션산업의 입장에서 때로는 소비자의 입장에서 사안을 바라보고 질문한다. 늘 클라이언트의 평가를 염두에 두어야 하고 특정 산업의 귀퉁이에서 역할하는 우리 모두에게 던질 만한 질문들이다.

도전자들은 심사 단계마다 무한한 상상력을 동원해 충분한 고민을 한다. 그리고 한 땀 한 땀 바느질을 해가며 자기만의 결과물을 만들어낸다. 그렇기 때문에 무대 위에 최종 결과물을 내놓을 때 프레젠테이션도 청산유수로 잘 해낸다. 심사위원을 향한 설득력은 고민의 결과였다. 하지만 준비 없이 결과물을 내놨을 때는 스스로도 납득할 만한 이유가 부족했기 때문에 당황해서 설명을 못 하고 더듬거린다. 어휘의 문제가 아니라 자세의 문제다. 이 프로그램도 열심히 보다 보니 어느 순간 한글 자막이 필요 없어졌다.

뉴욕에 도착했을 때 〈프로젝트 런웨이〉의 작업실로 등장하는 뉴욕 디자인 스쿨 파슨스에 찾아갔었다. 현장감이 중요한 나에게 티비로만 보던 장면이 눈앞에 보이니 가슴이 울렁거렸다. 당장 뉴욕 공립도서관에 무료 멤버십을 신청하고 카드를 발급받았다. 도서관 시청각실에서 뉴욕 출신 패션 디자이너들의 자료를 찾아 DVD를 하나씩 빌려왔다. 어떻게 패션을 배웠고 이 도시에서 자신의 브랜드와 세계관을 구축해왔는지. 아침마다 DVD를 틀어놓고 학교에 갈 채비를 했다. 베라 왕, 캘빈 클라인, 도나 카란, 마크 제이콥스 모두 뉴욕 출신이다.

좋아하는 소재에서 시작 지점을 설정해야 한다. 그걸 매개로 영어와 접점이 만들어지고 세계가 확장한다. 요리를 좋아하면 외국 셰프의 요리 채널을 찾아보며 자막을 켜놓고 재밌게 어휘를 배우면 된다. 틀림없이 비슷한 단어가 반복해 등장한다. 이왕이면 재료를 준비해 손으로 다듬고 요리를 따라 하면 더 좋다. 체험하는 동안 언어를 몸으로도 습득하니까. 축구를 좋아하면 ESPN 잉글리시 프리미어리그 중계를 찾아보며 흥미를 붙이면 된다. 매번 사용하는 스포츠 용어는 다 아는 용어다. 자신감을 충족시키기에 아주 좋다. 방금 자책골을 넣은 선수의 황망한 표정을 바라보며 스포츠 캐스터가 자책골을 영어로 뭐라고 말했는지 귀로 듣게 된다. 그런 방식으로 한번 연결되면 새로운 콘텐츠가 궁금해지고 다음 콘텐츠를 찾아보게 된다. 인간은 단순한 존재라서 루틴을 잘 만들어놓는 게 중요하다.

스몰 토크의
마법

　나는 잘하고 싶었다. NGO에서의 업무는 비교적 구체적으로 정해져 있었다. 이듬해 여름 덴마크에서 개최하는 콘퍼런스의 책임 기획자 역할이다. 200명 규모의 참가자들이 일주일 동안 함께할 프로그램을 구성해야 했다. 예산은 개최국 현지의 물가와 예년의 지출액을 기반으로 확보되었다. 각 대륙의 대표 구성원을 모아 팀을 꾸렸다. 남미, 북미, 아시아, 아프리카, 유럽 대표를 물색하고 선발해 준비팀을 구성했다. 덴마크의 호스트 커미티와 협업하고 경비와 참가비를 지원할 펠로십을 선발하고 멤버십을 관리하고 정기적인 홍보와 커뮤니케이션을 하고 이사회 운영 회의에 관한 사무적인 일들을 돕고 뉴스레터를 정기적으로 발간하고 발송했다. 홍보와 이벤트 기획이나 기사 편집과 발행 등에 관해서는 충분히 자신 있었다. 사무총장 롤란도와 업무 회의를 하며 차근차근 짚어주는 그를 향해 "아, 물론이죠!" 하며 자신만만하게 대답했다.

　어떻게든 빨리 증명하고 싶었다. 내가 얼마나 유능한지, 이 자리에 선발한 것에 한 치의 후회가 없도록. 때와 장소를 가리지 않고 언제든 대답할 준비가 되어 있었다. 선배들의 불심검문이 시작되면 줄줄 읊을 수 있을 만큼. 주어진 시간보다 빨리 끝내서 이들이 나를 인정하게 만들 거라는 포부가 있었다. 하지만 뭔가 이상했다. 옆방 동료 폴린과 캐롤은 각자의 일을 마치고 조용히 제시간에 퇴근했다. 내가 사무실과 새 환경에 잘 적응하고 있는지 확인하고는 본인의 업무와 관련된 사안들만 짧게 상의하고 갔다.

왜 나에 대해 궁금해하지 않지? 이쯤 되면 신입의 프로필을 캐묻고 개인사를 질문할 때가 됐는데. '느그 아부지 뭐 하시노?' 하며 뉴 페이스를 샅샅이 파헤쳐보자고 사방에서 덤벼야 하는데. 그다음 주도 마찬가지였다. 이상한 일이었다. 오로지 나만 전전긍긍하고 있었다. 아, 이전 직장에서 얻은 묵은 때가 쉽게 지워지지 않는 모양이었다.

한국에서의 방송작가 시절이 떠올랐다. 방송 개편으로 새로운 PD와 일하게 되었을 때 인사하러 그의 자리로 찾아갔었다. "안녕하세요. 이번에 같이 일하게 됐습니다. 백애리 작가입니다" 하며 책상 곁으로 한 걸음 다가가는 나를 향해 PD가 고개를 돌리더니 앙칼지게 쏘아붙였다. "그래서요? 나한테 뭐 할 말 있어요?" 그러고는 나를 그대로 세워둔 채 컴퓨터 모니터를 주시하며 키보드를 치기 시작했다. 나는 마무리

인사를 하고 황급히 자리를 비켜야 했다. 처음 말을 건네는 사람에게 노골적으로 반감을 뿜어낼 일인가. 믿을 만한 분을 통해 알아보니 내가 마음에 안 든다고 한다. 아니 왜? "안녕하세요" 했을 뿐이잖아. 또 다른 분은 그 사람의 '길들이기' 방식이라고 했다. 결국 답을 알게 되었다. 나이가 너무 어려서 마음에 안 든다는 전언이었다. 그 나이에 뭘 알겠느냐고. 어쩌면 맞는 말이다. 책을 꼼꼼하게 리뷰하고 문학을 알리는 프로그램 작가인데 어린 나이 때문에 자격 미달이라고 생각할 수 있겠지. 이제 겨우 20대 중반이니 문학에 대한 조예가 부족해 보일 수 있다. 백번 양보해서 맞는 얘기일 수도 있다. 하지만 당신은 사람에 대한 존중이 없다. 억울한 마음이 올라왔다. 함께 일하기 시작한 첫 달에는 신경질을 쏟아내는 그 사람을 받아주느라 거의 신경쇠약이 걸릴 뻔한 상태로 스튜디오 방송 녹음을 마무리했고 처음으로 생리 불순이 왔다.

　사람의 감정을 받아내는 일은 아무리 해도 무뎌지지 않았다. 거부의 자세를 견지하다가 조금 친해졌다 싶으면 어김없이 선을 넘어왔다. 내 시간과 노동력을 자기 소유로 생각하고 백화점을 끌고 다녔다. 거절해도 소용없는 일이었다. 공생활과 사생활의 구분이 없다는 사실이 견딜 수가 없었다. 사적 공간에 허락도 없이 함부로 들어와 신발 자국을 남기고 가는 장면을 어지러운 마음으로 목격하는 느낌이었다.

제네바 NGO 본부에 출근 후 매일 자리에 앉아 연필로 사각거리며 기획에 대한 이런저런 메모를 해댔다. 주옥 같은 아이디어라 도저히 버릴 수 없어서 적다 보니 어느새 공책 한 권이 되었다. '여러분 이것 좀 보세요! 대단하지 않나요?' 의미 없는 메아리를 허공에 대고 외치고 있었다. 사람들이 나를 너무 빨리 판단하고 결론을 내버릴까 봐 한발 앞서서 찬란한 성과를 보여주겠다는 전략은 그야말로 헛다리였다. 인정받기 위해 애쓰고 있는데 반해 효과는 없었기 때문이다. 누구도 나를 길들이려고 시도하지 않았다.

사무실 사람들은 남의 사생활이나 외모에 별다른 관심을 보이지 않았고 본인의 일을 다 하고 잔잔하게 수다를 나눌 뿐이었다. 영어로 스몰 토크small talk라고 불리는 대화였다. 중요치 않은 사안에 대해 소소하게 대화를 주고받는 식이다. 스몰 토크를 친근하게 나누지만 그 이상 깊게 들어가지 않는다. 거기서 끝이다. 언젠가 본론이 나오겠지 기다렸지만 그게 전부였다. 대화는 구체적이지만 너라는 개인에게 관여하지도 나라는 개인에게 개입하지도 않는다. 하지만 당신의 이야기에 관심을 두고 있다는 충분한 선의를 표시했다. 사생활을

꼬치꼬치 파고들지 않는다.

"날씨가 너무 좋아서 어제는 마당에서 무를 뽑았어."

"우리 집에 남는 비료가 있는데 좀 나눠줄까."

"공기가 축축해. 이따 비가 올 것 같으니 오늘 점심 피크 닉은 칼뱅 묘지로 못 갈 것 같아."

"햇볕이 좋아서 오늘은 산책을 할까 해. 주말에 거울을 보니 내 얼굴이 엄청 창백하더라고."

"출근길에 보니 바람이 많이 불어서 제네바 분수에서 호수 저편까지 물보라가 튀더라."

나는 곧 이들의 속도대로 사소한 대화법을 익혔다. 처음에는 목적 없이 나누는 이야기들이 시간 낭비처럼 여겨졌다. 그러나 동료들은 내가 하는 말을 충분히 주의 깊게 들었다. 하루는 책 읽을 때 유용한 책상 조명을 건네주었고, 하루는 친구 생일 선물에 사용할 할인 쿠폰을 가위로 오려다 주었다. 하잘것없다고 생각한 스몰 토크를 나누는 동안 내가 했던 이야기를 기억하고 있던 거였다. 그로부터 3주 뒤 나는 출근하며 그들에게 말했다.

"어제 해가 오후 4시에 졌어요. 아무리 그래도 밤이 너무 길지 않나요? 누군가 기숙사 주방에 이케아 와인 오프너를 두고 갔길래 그걸로 와인을 한 병 땄어요. 친구들과 나누어

마셨는데도 아직 초저녁이더라고요. 대체 여름엔 해가 몇 시에 지나요?"

3주 만에 이 우중충한 유럽에, 평온하고 느리게 가는 시계에 적응했다. 해가 뜨고 지고 바람이 불고 호수의 수면이 반짝이는 걸 마주하며 공원의 사계절을 관찰해도 우리는 낙오되지 않았고 도산하지 않았다. 빨리 나이를 먹을까 봐 두려운 마음과 동시에 얼른 나이를 먹어 30대가 되고 싶다는 마음이 공존했지만 그와 별개로 오늘의 날씨와 오늘의 일상을 천천히 음미하는 방식을 알게 되었다. 누군가는 퇴근 후 책을 썼고 또 누군가는 외국어를 공부하며 정년퇴직을 준비했고 프로젝트들은 모두 계획대로 잘 굴러갔다. 누구에게도 견제받지 않고 평화롭게 하루하루를 만들어갔다. 그러는 동안 나는 선을 넘지 않는 친밀한 대화 방식을 배웠고 외부 행사에 초대받았을 때 매너 있게 행동하며 예의 있게 풀어가는 대화법을 익혀나갔다. 만나자마자 나이를 궁금해하거나 출신 지역을 캐묻거나 개인사를 묻는 결례를 범하는 실수는 하지 않았다. 꽤 괜찮은 소셜 스킬이었다. 타인의 사생활을 파고드는 대화를 들으며 오랫동안 막장 드라마에 길들여진 나에게는 스몰 토크가 가끔 따분해지기도 하지만 말이다.

심심할 <u>땐</u>

<u>유의어</u> 사전을

<u>펼쳐라</u>

어학연수 시절 홈스테이 하우스 방 옆의 쪽문을 열고 들어가본 적이 있다. 평소 지나다니던 복도 끝 저 문은 어디로 통하는 걸까 궁금하던 차였다. '아, 여기가 차고로 들어가는 통로였구나.' 미국인들의 차고에는 차만 있는 게 아니다. 온갖 공구와 잡동사니가 빼곡하게 쌓여 집주인의 질서에 따라 정렬되어 있다. 일명 개라지. 그 넓은 개라지의 한쪽 구석에는 철물점에서 봄직한 철제 선반 층층이 중고책이 가득했다. 자녀들이 읽었던 동화책이나 한번 읽고 놔둔 장르소설 같은 책들이 먼지를 맞으며 켜켜이 쌓여 있었다. 마치 청계천의 중고 서점에 들른 것처럼 손에 먼지를 묻혀가며 이 책 저 책을 꺼내보던 차였다. 보물을 한 점 발견했다. 바로 《옥스포드 유의어 사전 *Oxford Thesaurus of English*》. 첫 장을 펼쳐보았다. 알파벳 순서로 시작하는 신기하고 오묘한 책에는 동의어와 유의어가 가득 들어차 있었다. 그리고 예시 문장들도.

아니, 이럴 수가! 어리둥절했다. 내가 원서를 읽을 만큼의 실력이 결코 아닌데도 책장이 자연스럽게 넘겨졌다. 눈으로만 훑어가며 읽는데도 말이다. '유의어 사전'이라는 어휘들의 백화점은 읽으면 읽을수록 이상하게 자신감을 북돋아줬다.

불과 오늘 아침까지만 해도 계획에 없던 새로운 탐색이 시작되었다. 도대체 어떻게 된 일이냐고. 심지어 모르는 단어의 영어 설명을 읽는데도 무슨 뜻인지 이해가 되는 마법을 경험하게 되다니.

사전이란 참으로 독특한 책이었다. 쉬운 표현을 써서 단어를 설명했기에 어려운 표현이 많지 않았다. 그렇다고 그 단어가 외워지는 것은 아닌데, 이상하게 설명이 쏙쏙 들어왔다. 분명히 나는 이 단어를 처음 보는데 어쩐지 의미를 알겠는 의아한 느낌이었다. 예문도 있어서 단어의 뉘앙스까지도 느낄 수 있었다. 말과 글에 초유의 관심이 몰린 나에게 "신기한 모험의 세계로 들어올래?"라고 묻는 것만 같았다. 한 단어가 매개체가 되어 꼬리에 꼬리를 물며 새로운 방향으로 길을 만들었다. 그러더니 애초 책을 펼칠 때 궁금하지도 않던 또 다른 카테고리로 은근슬쩍 나를 데려다 놓았다. 어느새 알파벳이 D에서 F로 넘어가고 있었다.

라디오 작가 시절 인터뷰를 위해 만났던 번역가가 떠올랐다. 전 세계 독자층이 굳건한 미국의 소설가 폴 오스터의 작품 《뉴욕 3부작》《달의 궁전》《공중곡예사》 등 무수히 많은 소설을 번역한 황보석, 그가 이야기해준 한 시절의 회고였다. 때는 바야흐로 영어 원서와 번역 원고를 출판사에서 보자기에 싸서 직접 받아가고 받아오던 시절이었다. 지금처럼 간편하게 이메일로 파일을 주고받는 시대가 아니었다. 활자가 가득 담긴 번역 원고를 종이에 출력해서 직접 들고 출판사를 출입했다. 자연히 번역일을 하기 위해서는 출판사와의 접근성이 쉬워야 했던 시절이다. 그러던 그가 수도권에서 먼 지역으로 이사 가게 되자 번역일이 뚝 끊겼다고 했다. 물리적으로 멀어지자 마음이 멀어지고 연락도 뜸해지니 출판사에선 결국 다른 번역가에게 일을 맡기기 시작했던 것이다. 서운한 일이었다. 그의 회고에 따르면 당시 꽤나 낙심했다고 한다. 자신의 업이 한순간 멈춰 섰으니 그럴 만도 하다. 그때 그는 할 일이 없어져 지루해진 나머지 국어사전을 펼쳐 읽었다고 한다. 번역가인 그는 이미 말과 글에 대단한 촉수를 가진 인물이 아니던가. 수많은 형용사를 읽어가며 흡입했다고 한다. 기이하고 독특한 문장과 문학적 기교를 많이 쓴다고 알려진 폴 오스터의 표현을 한국어로 옮겨야 하는 소설 번역가에게는 금광이 따로 없었다. 다행히 공백 기간은 길지 않았고, 현업으로 복귀하자 그동안 국어사전을 읽으며 흡수해왔던 수많은 표현을 번역에 사용했다고 한다. 풍성하고 신비로운 문장이 되었다. 그가 예시로 말해준 표현이 하나 있었다. '노란 목소리.' 사전에서 얻은 이 표현은 한 여성의 외모와 성격을 묘사할 때 노란 머리카락만큼이나 유혹적이고 직관적인 감각으로 다가온다.

번역가 황보석이 들려준 에피소드를 회상하며 홈스테이 차고에 앉아 한참 먼지를 털어가며 영어 유의어 사전을 읽어내려갔다. 이 독서에는 읽는 순서도 다음 스토리도 필요 없어서 종이를 촤라락 넘기며 부담 없이 읽어나갔다. 특정 단어의 사전적 의미가 궁금해서가 아니라 순전히 읽는 즐거움만을 만끽하면서.

지금도 나는 업무용 컴퓨터에 유의어 사전 애플리케이션을 깔아놓고서 영어로 문서를 작업할 때 요긴하게 사용한다. 미묘하게 비슷한 단어들이 나의 타이핑을 거쳐 문단 속에 재배치된다. 단어가 보다 정확한 자리에 놓이도록 신경 쓴다. 마찬가지로 이메일을 쓸 때도 아웃룩에서 오른쪽 클릭을 해 비슷한 단어들을 먼저 훑어보거나 인터넷 사전을 한 번 이상은 열어 유의어를 검색해본다. 단순히 뜻 전달을 넘어 상대방에게 표시하고자 하는 알맞은 질감을 찾을 수 있다. 휴대폰에도 사전 애플리케이션을 깔아놓는 게 좋다. 영영 사전, 영한 사전, 한영 사전 모두 유용하다. 사전은 휴대폰에서 내가 제일 자주 열어보는 애플리케이션 다섯 손가락 안에 든다. 정확성과 표현력은 결국 어휘의 문제고, 어휘가 쌓이면 보다 유려한 문장을 만들어낸다.

소설가 김연수의 에세이 《소설가의 일》에 재밌게도 소설가 폴 오스터와 줄리언 반스가 등장한다. 이 두 명의 소설가는 김연수 작가가 부러워하는 소설가의 목록에 들어 있다. 이 둘의 공통점은 본명이 아닌 다른 이름으로 작품을 발표했다는 점이고, 본명으로는 본격적인 진지한 소설을, 가명으로는 대중적인 문체로 추리소설을 썼다는 점이다. 문장이 좋고 글 잘 쓰기로 소문난 김연수 작가에게도 선망하는 존재가 있다니. 그는 에세이에서 줄리언 반스를 부러움 목록에서 가장 마지막 한 사람으로 남겨놓는다. 이유는 작가가 탐낼 만한 직업을 경험했다는 것이다.

그는 내가 몹시도 부러워할 만한 일을 하나 더 했는데, 그건 소설가가 되기 전에 사전을 편집했다는 이력이다. 20대 초반 그는 편집자로 일하면서 3년 동안 《옥스퍼드영어사전(OED)》의 4권짜리 보충판에서 C에서 G까지 표제어들의 뜻과 초기의 용례 등을 편집했다. 그 사실을 알고 내게도 그런 이력 하나쯤 있었으면 얼마나 좋았을까 생각했다. 소설가에게 단어란 화가에게는 색채와 같은 것이니까. 사전을 편집했다면 다른 소설가보다 훨씬 더 많은 단어를 가졌다는 뜻이니까.

소설가 줄리언 반스, L.A. 외곽의 텅 빈 차고에서 먼지를 털어가며 옥스포드 사전을 읽던 내가 고마워해야 할 인물이라는 걸 꽤 시간이 지난 후에 알게 되었다. 하도 심심해서 시작한 일이 몰입을 부르고 지금의 일상에도 적용하는 습관을 만들었다. 그러니 심심할 때는 뭐다? 유의어 사전을 연다. 이윽고 사전은 정신없이 단어를 쏟아부어줄 것이다. 안심해도 된다. 맨 뒤 Z부터 읽어도 스포일러 위험이 없다.

철저히 깨지며
태도를 배우며

*"While learning work attitude it has changed completely
upside down"*

유능함은

속도로 증명되지

않는다

콘퍼런스 5일 전, 세계 각지에서 도착하는 기획단과 우리 팀 전체, 조직위가 함께하는 간단한 회의가 있었다. 이어서 현장을 답사했다. 행사를 며칠 앞두고 오만 가지 상황을 빈틈없이 확인하느라 신경이 곤두서 있었다. 팀을 이끌고 다니며 행사 동선과 각자의 역할을 다시 확인하던 중이었다. 선배 제임스가 앞에서 코치하고 나는 콘퍼런스홀의 관객석 끝에서 음향이 제대로 작동하는지 점검하던 차였다.

"무선 마이크가 몇 개죠?"

콘퍼런스홀의 엔지니어들을 향해 물었다. 스트레스가 최고조로 올라간 나를 보며 개최국인 덴마크팀이자 우리 기획단 팀원이기도 한 라스무스가 무심하게 한마디를 던졌다.

"걱정 마. 너의 파티를 우리가 망치지 않을게."

순간 정수리를 얻어맞은 것 같았다. 매우 절제된 매너의 신사적인 비아냥이었다. 말문이 막혔다. '너의 파티'라니… 우리는 한 팀인데. 당황해서 표정 관리를 할 수가 없었다. 함께 만들어가는 과정이 구성원들에게 축제가 되기를 바랐다. 그러나 현장에 와보니 나는 성질이나 부리며 여기저기 지적하는 사람이 되어 있었다. 라스무스의 말은 순간적으로 나를 멈춰 세웠다. 추진력으로 강하게 밀고 나가는 방식의 리더십으로 모든 일이 올바로 성사되는 게 아닐 텐데. 나는 리더십을 잘못 배웠나 보다. 유능함은 속도로 증명된다고 믿어왔다.

200명 이상이 참가하는 콘퍼런스에서는 별의별 일이 다 생긴다. 장기 비행과 시차와 현지 부적응으로 여기저기 아프다는 사람이 등장하고 온갖 돌발 상황이 튀어나온다. 상비약을 챙기고 의연한 마음으로 있어야 한다. 그날 밤 홀로 꼭대기 층 외딴 다락방에 머물며 지난 과오를 회상해보았다. 곧이어 머리가 뜨거워졌다. 미리 바로잡지 못한 나의 결정적 순간들 때문이었다.

때는 바야흐로 7개월 전. 덴마크 오르후스Aarhus의 조직위 책임자 이바의 답변을 오매불망 기다리는 중이었다. 우리 쪽 본부에서 확정한 콘퍼런스 기획단과 덴마크 현지 조직위원회가 구성되고 전체 조직도가 완성되었을 때 마음이 한결 놓였다. 덴마크 조직위원회의 의장, 즉 체어맨이 우리 NGO의 청소년 대표를 맡았던 로즈 달스가드의 아버지 이바 달스가드라는 이야기를 전해 들었기 때문이다. 가족 구성원이 수년간 NGO 활동을 함께해왔다는 뜻이다. 로즈는 우리 NGO의 프로그램 펀딩을 받아 일본으로 유학도 다녀온 중추적 인물이다. 맡은 역할이 얼마나 중책인지 이해하고 있겠지 싶었다. 하지만 일은 예상대로 흘러가지 않았다. 이바는 3주째 답장이 없었다.

콘퍼런스 기획을 하게 되면 개최국 조직위에서 먼저 결정을 착착 해줘야 기획단에서도 프로그램을 확정해갈 수 있다. 특히 콘퍼런스 기획단 멤버들의 숙소, 참가자들의 교통편, NGO 뉴스레터에 콘퍼런스 참가자들을 위해 안내할 현지 상세 정보, 예산 지출이 필요한 프로그램들, 비자 지원 공문 등 진행할 사안이 많았다. 감감무소식인 호스트 국가의 현지 조직위원회가 자신의 역할을 과연 숙지했는지 의문이 들었다. 메일함을 열어 이바에게 마지막으로 보낸 이메일을 천천히 다시 읽어보았다. 약간의 읍소와 은근한 신경질이 뿌려져 있었다. 감정을 완벽히 숨길 수가 없었다. 사무총장 롤란도의 지혜를 빌리기 위해 면담을 신청했다. 롤란도는 청소년 대표였던 이바의 딸 로즈를 통해 상황을 알아보자, 그리고 조직위에서 커뮤니케이션 가교 역할을 할 만한 사람이 있는지도 파악해보자 등 여러 방법을 제시했다. 덴마크 조직위에서 본인들의 업무를 숙지하지 못한다는 생각에 은근히 화가 나 있던 나는 롤란도의 조언대로 로즈에게 이메일을 보냈다. 곧 자세한 설명과 함께 답장이 도착했다.

아버지는 당신의 이메일을 모두 매우 꼼꼼히 읽었다. 다양한 요청 사안과 질문을 취합해 검토하고 멤버들과 상의하고 있다. 그는 영어로 대화하는 데엔 아무 거리낌이 없다. 허나 영어 작문은 원활하지 않은 편이다. 그래서 이메일 답장을 하는 데에 시간이 필요하다. 여기에 또 한 가지 양측이 서로 염두에 두어야할 점이 있다. 우리 클럽은 평소 한 달에 한 번씩 공식 모임을 하는데, 콘퍼런스 조직위를 갖추면서 2주에 한 번씩 정기 회의를 하도록 일정을 결정했다. 즉, 당신이 보낸 요청들은 이 회의에서 모두의 의견을 듣고 역할을 나누어 결정하게 되어 있어서 의장이 혼자 결정할 수는 없다. 조금만 시간을 주고 기다려주면 하나씩 대답할 계획이라고 했다. 답변이 늦어져 염려하는 부분은 개선하겠다. 시의적절히 답변해야 하는 문의 사항은 앞으로 조직위의 회계를 맡은 잉가가 돕기로 했다.

로즈의 메일을 읽으며 속이 찌릿했다. 내가 놓친 부분이 이렇게 적나라하게 반영되어 있다니. 조급했던 나는 여러 가지를 간과하고 있었다. NGO는 어디까지나 '함께하는 동력'이 있어야 유기적으로 움직인다. 이들은 모두 대가 없이 자원한 인물들이다. 멤버 '모두'를 포괄해 논의하고 역할을 공평히 나누고 함께 결정하고 추진한다. 그들이 기둥이고 곧 바퀴인 셈이다. 그들에게는 서로에게 맞는 롤을 찾아나갈 시간이 필요했다. NGO는 사기업이 아니다. 속성을 모른 채로 덤빌 일이 아니었다. 본부에 있던 나는 현장 상황을 전혀 모르고 재촉만 하고 있었으니 상대방은 당황할 수밖에 없었을 것이다. 창피하지만 인정해야 했다. 내 역할을 착각하고 있었다. 나는 그들의 필요를 파악하고 어려움을 채워주어야 하는 서포터여야 했다. 부끄러움이 몰려왔다. 언젠가 선임자 제임스가 내게 말했다.

"우리는 상근 활동가지만, 그들은 퇴근 후에 또는 주말에 본인 시간을 쪼개가며 NGO 활동을 하는 거야. 그들과 우리는 다른 시간표 속에서 살아. 시차도 전부 다르고."

조직위 구성원들은 모두 기쁜 마음으로 자원했고 다년간 커뮤니티 활동을 지속한 회원들이다. 그들이 평화롭게 동역해오며 만든 흐름을 내가 깨고 있다는 사실이 로즈의 이메일에 적혀 있었다. 이미 7개월 전에 경고를 받았지만 이후로도 독단적인 내 업무 스타일은 고쳐지지 않았다. 콘퍼런스 현장까지 강박을 끌고 와 기어코 팀 구성원으로부터 '너의 파티'라는 소리를 듣고야 말았다. 내 역할은 리더가 아니라 조화를 만드는 코디네이터에 가깝다는 걸 이제야 알았다. 그것도 현장에 와서야. 자책감이 다락방 안을 가득 채웠다. 새벽이 오고 있었다. 한국식 리더십에 길든 나는 당장 오늘 아침부터라도 태도를 고치겠노라 다짐했다.

덴마크에서 직접 만난 조직위의 의장 이바는 두말할 나위 없이 적극적이고 따뜻한 사람이었다. 그동안 논의했던 무수히 많은 사안과 기획단에서 요청한 내용은 기대 이상으로 꼼꼼하게 준비되어 있었다. 어느새 불신은 연기처럼 사라졌고 감탄만이 남았다. 행사 당일 오프닝 시간보다 훨씬 일찍 도착한 커뮤니티 자원활동가들은 요청한 숫자 이상으로 규모가 컸다. 조직위가 설득하고 로컬 커뮤니티에서 모은 현장 스태프 인원이었다. 필요할 때 서로 보완할 줄 아는 에너지는 함께하는 사람과의 관계를 다져주고 서로를 감화시킨다는 것을 현장에서 뼈아프게 체화했다.

콘퍼런스는 며칠 뒤에 시작한다. 아직 바로잡을 기회가 있을 거야. 최소한 현장에서는 나의 독선을 내려놓고 구성원들의 필요를 채워주는 사람이 되자. 기꺼이 동역자가 되어준 당신이 있어서 이 작품을 완성할 수 있었다고 구성원들과 서로의 공로를 존중하는 자세로 매무새를 바로잡자. 시작은 급했어도 마무리를 제대로 하면 된다고. 그러면 그간의 과오를 회복할 수 있을 거라고. 부디.

일주일간의 콘퍼런스는 성공적으로 마무리했다. 꾹꾹 눌

러 담아 사전 기획하며 준비했고 매일같이 빽빽한 프로그램을 만들어나갔기에 이번 행사는 역대급으로 바빴다. 지금까지의 기록 중 가장 큰 규모이기도 했다. 코디네이터로서 나는 그간의 극성스러움을 버리고 한 발짝 뒤로 물러났다. 멀리서 크게 바라보며 세션 리더들이 자신의 역할을 훌륭히 해내도록 서포터의 역할을 했다. 그 와중에 덴마크는 또 얼마나 아름답고 평화롭던지. 나는 철저히 깨지며 또 한 번의 산을 무사히 넘었다.

'유교걸'의 사람을

배우는 시간

글로리아가 아침 일찍 사무실에 들렀다. 차를 움직일 수 있는 사람이 없어서 염치없게도 롤란도의 배우자 글로리아에게 부탁을 했다. 글로리아는 사무실에 손이 모자라거나 기동력이 필요할 때 나타나는 우리의 구원투수다. 덕분에 한숨 돌렸다고 감사한 마음에 티타임을 청했다. 신입이던 내가 사무실에서 유일하게 잘하는 거라곤 네스프레소 머신에 캡슐을 넣는 일이다. 기회를 놓칠세라 당당하게 자원했다.

"제가 커피를 내리겠습니다."

깨끗하게 닦은 쟁반에 찻잔을 올려 롤란도의 사무실로 들어갔다. "자, 여기 설탕 안 넣은 에스프레소요" 하며 롤란도 앞에 제일 먼저 커피를 내려놓았다. 그러자 롤란도는 자연스럽게 자신의 앞에 놓인 찻잔을 들어 글로리아에게 건넸다. 그걸 지켜보던 글로리아가 특유의 장난스럽고 무해한 미소를 지으며 이야기했다.

"내가 애리의 보스가 아니라는 뜻이죠?"

"네?"

무슨 뜻인지 눈치채지 못하고 주변을 둘러봤다. 어리둥절해하는 내 옆으로 제임스가 다가와 살며시 귀띔해주었다.

"서브 레이디 퍼스트. *Serve lady first.*"

"아아, 그런 뜻이 아니고, 원래 아시아에서는 나이 많은 사람에게 먼저 대접하는지라… 연장자를 우대하는…"

난감해진 나머지 변명을 계속했다. 아시아의 장유유서를 말하고 있었지만 이곳에서는 질서가 달랐다. 모든 것이 나이 든 남자 위주로 돌아가던 사회에서 교육받았고 그 순서에 따른 예의범절을 배운 내게 정반대의 서양 문화는 작은 충돌로 다가왔다. 나만 혼자 시계 반대 방향으로 시간을 읽는 것 같았다. 나는 '유교걸'이었던 것이다. 앞으로는 새로운 순서와 새로운 룰을 익혀야 했다. 약자와 어린이 먼저, 여성 먼저. 행사할 때도 사람들 앞에서 발언할 때는 '*Ladies and gentlemen*레이디스 앤드 젠틀맨'이다. 젠틀맨이 먼저 불리지 않았다. 왜 '신사 숙녀 여러분'이라고 번역했는지 모를 일이다. 한국에서는 고깃집에서 종업원들이 여자 손님 앞에 고기 굽는 집게를 두고 가는 경우가 빈번했지만. 이곳에서는 레스토랑이나 카페든 그 어디를 가도 여성에게 우선순위로 서빙하는 모습을 매번 지켜봤다. 내가 알던 질서가 완전히 바뀌어 있었다.

사무총장 롤란도와 그의 아내 글로리아에게 저녁 초대를

받았을 때도 같은 일을 겪었다. 총책임자로서 롤란도는 낯선 환경에서 조금씩 적응해가는 나를 최대한 배려해주려고 했다. 하지만 첫 달의 긴장은 여전했다. 근무를 시작하기 전 몇몇 사람들로부터 롤란도의 평판을 전해 들었기 때문에 앞으로의 일이 염려되었던 것도 사실이다. 그는 엄격하고 고집 있는 인물이라고 했다. 실제로 만나보니 부리부리한 눈과 강단 있는 두꺼운 어깨가 조금 무서워 보였다. 저녁 식사에 초대받은 날 현관문 앞에서 장성한 두 아들과 롤란도와 글로리아 부부가 차례대로 나를 환하게 맞아주었다. "아름다운 꽃을 들고 왔네요!" 글로리아에게 꽃을 전달하는 동안 첫째 아들 세바스찬이 자연스럽게 코멘트했고 둘째 아들 니콜라는 꽃병을 가지고 왔다.

입구에서 반갑게 인사를 마친 롤란도는 어쩐 일인지 도로 주방에 들어가버렸고 그런 보스의 뒷모습을 바라보던 나를 글로리아가 자연스럽게 거실로 이끌었다. 소파에 앉아 간단한 스낵과 식전주를 서로에게 권하며 담소를 나누었다. 여행과 예술을 즐기는 가족답게 벽면에는 오래된 유화와 이탈리아 베네치아 등지에서 사온 멋진 가면들이 전시되어 있었다. 시간이 지나자 드디어 롤란도가 거실로 나왔다.

"저녁 식사가 준비되었으니 모두 식탁으로 오세요."

상기된 얼굴로 보스를 바라보는 나에게 글로리아가 빙그레 웃으며 얘기했다.

"내가 종일 준비해서 요리를 마치면 롤란도는 마무리만 하는 거예요. 손님을 위해 식탁을 차려야죠."

자리에서 벌떡 일어나 그 장면을 목격하러 주방으로 갔다. '나의 보스가 정말 서빙을?' 어느새 아들 둘이 옆에 서서 부엌일을 조금씩 거들고 있었다. 롤란도가 내가 앉은 자리에 다가와 물을 따라주었고 이어서 와인도 따라주었다. 모든 장면이 자연스러웠다. 까마득한 신참을 '귀한 손님'으로 모시고 응접실에서 깍듯이 응대해준 것도 모자라 무려 사무총장님이 내 식탁을 차리다니. 이후 세 가지 코스 요리가 근사한 접시에 담겨 차례차례 내 앞에 놓였다. 모두들 식사하며 유연하게 대화를 이어갔고 다들 나의 발언에 이따금씩 농담으로 호응해주었다.

그 와중에 롤란도는 전부 접시를 비웠는지 확인하며 다음 코스를 준비했다. 차례대로 샐러드와 라자냐를 서빙하며 모두의 식탁을 풍성하게 채웠다. 식사의 호스트는 테이블에 앉은 손님들이 편안한지 양은 적당한지 배고파하지는 않는지 계속 살펴야 한다. 디저트를 먹을 단계에서는 내게 커피 취향을 물었고 곧이어 빵을 자르는 칼을 든 채로 원하는 케이크를 주문하라고 했다. 살구 케이크? 혹은 라즈베리 케이크? 코스마다 연이어 서빙해주는 롤란도를 향해 감탄이 절로 나왔다. 회색 머리에 60세가 넘어가는 그가 까마득하게 어린 나를 극진하게 대접해주니 몸 둘 바를 모를 지경이었다. 반면 가족들은 이 모습이 일상인 듯 편안해 보였다. 나라도 거들어야 하나. 하도 고개를 주억이며 인사하니 케이크를 먹던 글로리아가 설명했다.

"괜찮아요. 요리는 오후 내내 내가 했어요. 롤란도는 장보는 걸 돕고 마지막에 식사를 차리고 서빙을 해요. 우리 부부가 30년을 지켜온 역할 분담 방식이니까. 어서 들어요. 커피를 만드는 건 저 사람이 가장 즐기는 일이에요."

눈으로 이 광경을 보고 경험하면서도 믿을 수가 없었다. 어떤 세계에서는 나이 어린 사람이 제때 물을 따라놓지 않았다고 꾸지람을 듣지 않아도 되는 거였다. 수저를 놓지 않았다고 핀잔을 듣지 않아도 되는 거였다. 거드는 시늉을 하느라 남의 주방을 서성이지 않아도 괜찮은 거였다. 그제야 마음이 놓였다. 젊은 사람이 참 눈치가 없다고, 식사 대접을 받았으면 과일이라도 깎거나 소매를 걷어붙이고 설거지라도 돕는 게 예의라고, 엉덩이가 왜 그렇게 무겁냐고 눈총을 주지는 않을까 염려하던 마음이 곧이어 완전히 해소되었다. 사무총장 부부가 그 자리에서 보내온 시그널은 동일했다. 나는 이만큼 아름답고 평등한 커플을 처음 봤고 그날 저녁 보스 부부가 보인 공평한 모습은 그를 수장으로서 무한 신뢰하게 된 계기가 되었다. 이 점이 내게는 항상 중요한 기준이었다. 가정 안에서 가장 가까운 사람과도 평등하게 지내지 못하는 사람이 어떻게 사람을 존중하며 NGO에서 평등한 관계를 맺어가겠는가. 사회운동의 핵심은 결국 '사람'이다. 인간이라는 존재는 자못 동물성이 강해서 위계와 힘을 금세 알아차린다. 자신의 위력이 어느 정도인지 가늠하는 것이 어렵지 않다. 부부나 친구 사이도 마찬가지일 것이다. 상대방이 나를 무서워하는지, 내게 승인받고 싶어 하는지 모를 수 없다. 하지만 그 위계를 내려놓는 것은 또 다른 차원의 권위가 세워지는 과정이다.

새롭게 배워가는 공평한 관계가 금세 체화되지는 않았다. 그러나 동양의 좋은 습관도 놓치지 않았다. 두 손으로 공손하게 물건을 받거나 깍듯하게 전달하는 자세를 보며 동료들은 내가 조심성 있는 사람이라고 생각했다. 서로 존경받는다는 느낌을 받았기 때문이다. 동시에 서서히 물들어갔다. 아시아 사람들이 흔히 보이는 습관들, 지나치게 저자세로 보이는 몸짓이나 허리를 숙이며 여러 차례 인사하며 마치 굽신거리는 것처럼 해석할 수 있는 행동을 점차 하지 않게 되었다. 예의 바른 태도를 보이는 것과 달리 상대를 '모시겠다고' 바닥에 바짝 엎드리는 자세는 그걸 지켜보는 사람에게 부담을 주거나 서로에게 기대하는 바를 헷갈리게 만든다. 관계가 수평적일 수 없다.

식사를 서빙하는 보스의 모습은 모든 스태프가 모인 부활절 만찬과 크리스마스 식사에서도 동일했다. 그때도 나는 "저는 카페라테요" 하며 커피를 주문했다. 롤란도는 여전히 커다란 앞치마를 하고 커피를 주문한 사람과 차를 주문한 사람을 차례차례 세어나갔다. 그동안 스태프들은 응접실에 앉아 명절 휴가 계획을 나누며 담소를 나누었다. 내게도 이 장면이 서서히 자연스러워졌다.

롤란도의

커뮤니케이션 철학

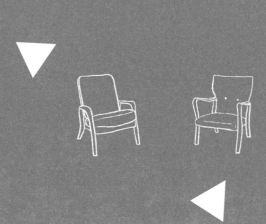

그날은 회원으로부터 항의 이메일을 받고 화가 폭발해 온 사무실을 쿵쿵거리며 다녔다. 메일 내용을 프린트해 도저히 관용할 수 없는 문장에 형광펜으로 줄을 쭉 그었다. 롤란도의 사무실로 쳐들어갔다.

"저요, 이번엔 가만있지 않을 겁니다. 여기 이 표현을 보세요. 용납 못합니다."

잔뜩 열을 올리는 나를 향해 돋보기를 쓴 롤란도가 대답했다.

"잠시 멈추길 바랍니다. 화가 날 때는 절대 바로 답장하지 말아요. 대응하지 말고 정확히 24시간을 기다려요."

답장을 어떻게 써야 상대방에게 영향을 줄 수 있을지 매서운 단어를 머릿속으로 고르던 차였다. 이미 선제 타격을 받은 나는 문제의 잘잘못을 넘어 두 배로 불려 가차 없이 돌려주고 싶었다. 롤란도는 내게 내일까지 기다리라는 묵직한 방침을 내렸다. 어쩔 수 없이 묵언수행을 명받은 것처럼 보스의 말을 들어야 했다. 그런데 기막히게도 불쾌한 메시지를 보낸 발신인도 수신인도 정확히 24시간이 지나자 흥분이 다소 누그러졌다. 미리 써놨던 메일을 결국 다 지웠다. 빛의 속도로 답장을 보내 상대를 조각조각 난도질하고 싶었던 분노의 마음이 나도 모르는 사이 추슬러졌다. 새 날이 밝아오자 상대방에 대한 관용의 마음이 조금 생겼다. 이 방식이 너무 효과적이어서 한편으로는 어이가 없었다. 공격적으로 대응했다간 오히려 문제를 키울 가능성이 있으니 사고 치지 않도록 눌러주는 것이었다.

처음 NGO 근무를 시작하며 강한 추진력으로 일을 끌고 가는 나를 롤란도는 묵묵히 지켜보았다. 혈기왕성하게 대단한 포부를 늘어놓을 때마다 내공이 어마어마한 스승은 늘 온화한 웃음을 띠며 경청했다. "아주 기가 막히죠?" 나는 장황하게 설명했다. 사람의 열정이란 하여간 희한하다. 보스의 결정이 내 쪽으로 기울도록 살을 붙여나갔다. "상당히 획기적이지 않습니까?" 그의 표정을 살폈다. '혹시 넘어온 건 아닐까?' 희망을 품으며.

어쩌면 시간 낭비일 수 있는 수많은 회의를 하는 동안 롤란도는 내 말을 끊은 적이 단 한 번도 없었다. 대단한 인내심이 없다면 불가능한 일이었다. 허언과 무리수가 다소 섞인 브리핑을 모두 들은 뒤 그는 말을 이어갔다. 너의 찬란한 아이디어가 왜 실행 불가능한지 설득하기 시작했다. 경력자라면 단박에 판단할 수 있을 허무맹랑한 기획들이었지만 그는 단

편적 가치 판단으로 "Yes"나 "No"를 대답하는 '결재하는 보스'가 아니었다. 과정을 설득해가며 동료들의 역량을 키워주는 사람이었다. 그러니 그의 결정에 승복하지 않을 수가 없었다. 이유를 납득하니 다음번에는 조금 나은 대안을 생각할 수 있었다. 그는 판단을 내리는 사람이기 이전에 우리 스태프 모두를 경영하는 '매니저'였다. 그와 상의할 때는 단순하게 답을 들으러 가는 게 아니라 길을 터가는 과정을 얻고 돌아왔다. 그러다 성과를 내는 날도 있었다. 아이디어를 노트에 가득 채우고 롤란도의 사무실에서 회의를 하면 가끔씩 몇 개는 인정을 받아 팀의 적극적인 지원을 받기도 했다. 소중한 기회를 낭비할 수가 없어서 꼼꼼하게 추진하고 끝까지 성사시켰다. 그 과정에서 얼마나 그를 괴롭혔는지 동료들은 잘 알고 있다. 사리 분별을 못해서 함부로 튕겨나갈 때 그는 다시금 차분한 태세로 돌아오도록 나를 잡아 세웠다. 롤란도는 내게 "너의 집요함이 결국에 해낸다"라며 "이건 칭찬"이라고 굳이 한번 더 강조했다.

롤란도는 오랜 NGO 경력으로 사람들의 속성을 잘 알고 있었다. 늘 농담으로 긴장한 상대를 안심시켰다. 다 같이 한번 웃고 시작하면 차가웠던 회의 분위기가 달라진다. '당신을 공격하는 게 아니다. 협력을 통해 양측이 원하는 좋은 결론을 내보자'는 방식이었다. 누군가를 비하하거나 소외시키는 농담을 하는 법이 없었다. 갈등의 소지가 있는 상황에서 그의 판단은 어김없이 사람을 보호하는 쪽으로 기울었다. 그리고 "우리는 서로의 도움을 필요로 합니다"라고 늘 말해왔다. 시스템을 움직이는 것도 결점을 채우는 것도 결국엔 사람이었다. 그는 우격다짐으로 자신의 이상을 관철시키는 사람이 아니었다. 그의 사무실을 찾아가면 항상 "앉으세요*Please have a seat*"라며 자리를 권하고 먼저 상대방과의 눈높이를 맞췄다. 본인만 편하게 의자에 앉은 채 보고받는 법이 없었다.

그를 통해 그동안 잘못 배운 사회생활을 다시 차곡차곡 받아나갔다. 1인의 몫을 해내는 근로자로서 자기 역할에 대한 의미와 보람은 중요한 가치였다. 내가 하는 일이 헛수고가 될 거라는 생각이 들지 않았다. 누군가 구성원의 장점을 주의 깊게 지켜보고 발굴해줄 거라는 믿음이 있었다. 스승을 통해 타인을 존중하는 방식을 배워가는 것과 동시에 일터에서 자신을 존중하는 방식도 깨우쳐갔다. 예의 있고 젠틀한 커뮤니케이션의 힘이 뭔지도 알게 되었다.

롤란도의 커뮤니케이션 방식을 옆에서 지켜보며 내게도 그의 원칙이 스며 들어왔다. 지금도 누군가 나를 지나치게 책망하거나 비난하는 업무 이메일을 보낼 경우 절대 24시간 안에 답장하지 않는다. 여러분이 해냈다, 수고 많았다며 치하하던 그 목소리. 큰일을 마무리했을 때 자신이 겪어야 했던 풍파는 접어두고 스태프 모두에게 "당신들이 우리 기관의 보배입니다"라고 감사 인사를 넘겨주는 보스. 언젠가 나도 이런 인물이 되고 싶다고 결심했건만. 이것은 단지 커뮤니케이션 기술의 문제가 아니라 인격의 문제라는 것을 더 많은 사회 경험을 통해 깨달았다. 화가 날 때 24시간의 공백을 갖는 건 감정을 누르기 위한 장치이기도 하지만 그 시간 동안 차분하게 스스로 성찰해보라는 그의 인사이트이기도 했던 걸 나중에서야 알게 되었다.

세월이 지나 경력이 쌓이면서 이제는 내게도 사무실에 찾아오는 후배들이 생겼다. 롤란도에게서 배운 온화한 대화법을 전부 사용할 만큼의 내공이 쌓이지는 않았지만 한 가지는 지키고 있다. "앉으세요. *Please have a seat.*" 상대방을 세워두지 않고 일단 눈높이를 맞추고 이야기를 시작하는 것이다. 중간에 말을 끊지 않고 모두 경청한 뒤 반응한다. 특히 어린 나이의 여성 후배들에게는 이야기를 마무리할 때까지 참을성 있게 기다리며 시간을 할애한다. 잘 해내고 싶어서 목소리가 올라가 있고 한편 마음속으로는 잔뜩 위축되어 있는 사람을 앞에 두고 거칠게 몰아세우며 만족감을 느끼는 선배는 선배가 아니라 꼰대니까. 대신 한 가지 조언은 잊지 않는다. 이야기할 때 말끝을 흐리지 말라고. 상대방의 나이와 상관없이 평등한 관계가 가능했던 롤란도의 커뮤니케이션 철학을 늘 상기하며 나는 오늘도 말과 마음을 다스린다.

자기효능감을

리사이클하는 방법

프로젝트 펀드레이징을 위해 종종 글을 썼다. 뉴스레터에 실린 소식은 다른 언어로 번역되고 인쇄되어 전 세계 지부에 우편으로 배달되었다. 각 나라마다 번역을 자원한 동료들이 있었다. 주로 은퇴한 할머니들, 할아버지들이다. 전 세계에 포진한 회원들은 제네바 본부 사무실에서 어떤 일이 벌어지는지 매우 흥미롭게 지켜봤다. 또 본부 사무실을 방문해보고 싶어 하는 회원들도 많았다. 모두가 할 수 있는 일은 아니었다. 그래서 나는 신입 활동가로서 작은 기쁨을 소소하게나마 전하고 싶었다. 영어로 에세이를 쓰면 제임스가 내 글을 검토하고 윤문을 해주었다. 번거로운 일이지만 나의 역할이었기에 열심히 지속했다. 한번은 본부 사무실 복도에 전시된 커다란 퀼트 작품에 대해 소개했다.

노르웨이의 커뮤니티에서 협동 작업으로 한 땀 한 땀 만든 이 컬러풀한 퀼트는 약 9년 전 기증받은 귀한 작품입니다. 퀼트 한 칸을 차지하는 직경 12센티미터의 네모 칸에는 그동안 본부를 다녀간 수많은 사람의 서명이 적혀 있습니다. 후원자의 이름을 적을 수 있도록 퀼트 한 칸을 내어주는 것은 그날 배고픈 이들을 생각하며 후원자가 금식하는 비용으로 펀드에 100달러를 기부하는 아름다운 행동을 기억하기 위해서입니다. 본부 사무실에 방문객이 올 때나 이사회 회의를 참석하기 위해 멤버들이 올 때 저는 사무실 복도에 걸린 이 퀼트 작품을 꼭 소개합니다. 이윽고 연대의 표시로 퀼트에 이름을 남기고 싶어 하는 이들이 심심치 않게 등장합니다. 얼른 우리는 벽에 전시된 커다란 퀼트를 떼어내 땅에 끌리지 않도록 소중하게 다루며 회의 테이블에 펼쳐놓습니다. 그들은 신중하게 서명하고 우리는 감사한 마음을 받지요. 모인 금액은 가난한 이들을 위한 교육 기금으로 적립이 됩니다. '*Time of Fast*금식의 시간'이라는 이름의 기금입니다.

뉴스레터의 글을 마치며 소회를 덧붙였다.

멋진 작품을 통해 지난 9년간 방문객의 역사를 한눈에 이야기해주는 이 퀼트가 제게 주는 교훈이 있습니다. 우리는 한 칸씩의 몫을 하며 꼼꼼한 바느질을 통해 옆으로 위아래로 한 칸씩 이어져 서로의 역할을 지탱하면서 아름다운 퀼트를 함께 채워간다는 것을요. 며칠 전 다시 세어본 퀼트 작품의 아담한 네모 칸들은 어느덧 거의 채워져 현재 여덟 칸만 남아 있습니다. 곧 있으면 뿌듯한 매진입니다.

글은 이쯤에서 마무리되었다. 곧이어 에디터가 뉴스레터를 발행했다. 네트워크를 통해 전 세계로 뿌려졌다. 얼마 뒤 다음 뉴스레터에 전할 에피소드를 찾으며 다시 소재 헌팅을 하고 있을 때였다. 노르웨이에서 이메일이 하나 도착해 있었다. 9년 전 퀼트를 기증한 노르웨이의 커뮤니티에서 글을 읽고 모두들 감명받았으며 곧장 새로운 퀼트 제작 프로젝트에 착수했다고 전했다. 누군가 내 글을 읽고 곧바로 뜻을 모아 행동했다는 후기를 전해오니 이렇게 뿌듯하고 반가울 수가 없었다.

나는 커뮤니케이션과 홍보 일이 좋았다. 그리고 글을 통해 사람의 마음을 전달하는 것에 소질이 있다고 생각했다. 문제는 매번 그걸 영어로 해내야 한다는 것이었다. 적어 내려간 글들은 어김없이 제임스의 손에 새빨갛게 수정되어 내 책상으로 돌아왔다. 여전히 실수가 많고 의도와 반대로 쓴 표현들이 빨간 펜으로 지워져 있었다. 크게 숨을 쉬고 다시 타자를 치기 시작했다. 내 손으로 직접 수정해야 실수를 줄일 수 있었다. 한 차례 남의 손을 탔지만 최종 수정은 내 몫이었다.

구직을 하면서, 빨간 종이가 되어 돌아오는 나의 글을 보면서 언어에 대한 열등감이 쉽게 지워지지 않았고 남들과 자꾸 비교하게 되었다. 기숙사 친구들 면면을 보면 모두들 인정할 만한 언어 능력자였다. 프랑스에서 온 알리시아와 스페인에서 온 안젤라만 봐도 그랬다. 벌써 유엔 공식 언어 여섯 개 국어 중 두 개 이상의 언어를 갖춘 셈이었다. 그에 비하면 나는? 0개 국어 보유자다. 이들을 보니 겹치는 부분이 있었다. 유럽연합EU 안에서 교육체계가 호환이 되니 인접 국가에 가서 유학하는 게 쉬웠고 이웃 나라의 언어를 배울 수 있는 좋은 조건이 형성되어 있었다. 지리적으로도 문화적으로도 국제기구에 대한 접근성이 월등히 높았다. 실제 국제기구 통계를 보면 유럽의 참여도가 가장 높다. 비행기를 타지 않아도 기차로 세 시간이면 파리에 닿을 수 있고 열한 시간이면 바르셀로나에 도착한다. 하루 안에 오갈 수 있는 거리다. 하지만 나는 어땠나. 삼면이 바다인 한반도는 심지어 두 개로 쪼개져 국경을 넘으면 곧장 월북인데? 이런 조건을 하나씩 따지고 보면 고립된 나라에서 태어났다는 것은 새삼스레 서러운 일이었다.

커뮤니케이션 분야는 '영어 모국어 화자'를 채용 조건에 명시한 공고문이 많았다. 특정 문구가 없다 해도 영어 모국어 화자를 명백히 선호했다. 출판물 번역가와 동시통역가들까지 합하면 영어 모국어 화자라는 조건 덕분에 영어권 채용 인원은 기하급수적으로 불어난다. 불공평하다는 생각이 들었다. 우리 엄마는 한국인, 아빠도 한국인, 나는 한국어가 모국어인데. 아니, 어렸을 때 프랑스나 스페인으로 이민 왔으면 좋았잖아? 단일민족이 자랑이야? 영어 모국어 화자를 원한다는 채용 공고를 보면서 이 세상의 모든 영어 모국어 화자들을 모조리 질투하게 되었다.

투정은 거기까지만 하고 끝내야 한다. 이제 와서 모국을 바꿀 수도 없는 노릇이었다. 내가 충분히 잘해온 것과 값지게 얻은 것까지 부정하면 한번에 무너지는 거였다. 어떻게든 지속해야 했다. 잘하는 것들을. 뉴스레터에 글을 쓰고 존재감을 보였다. 소식지를 읽는 전 세계의 타인과 만나는 순간을 소중하게 여겼다. 보람되고 기쁜 일이었다. 남들과 비교해서 내가 뒤처진다고 해도 당장 모두 그만둬야 하는 법은 없었다. 원망하고 싶은 마음과 열등감을 꾹꾹 내리누르고 잘하는 것을 꾸준히 하며 즐기는 감각을 잃지 않도록 노력했다. 토니 모리슨의 말을 떠올리며 나의 성취에 대해 생각해본다.

"*For me, success is not a public thing. It's a private thing. It's when you have fewer and fewer regrets.* 저에게 성공이란 공공연한 것이 아닙니다. 그건 아주 개인적인 것입니다. 갈수록 내 자신이 후회할 만한 일이 점점 줄어드는 삶

입니다."

　뭘 해도 안 될 거라는 의심은 점차 사그라들었다. 취업에 도움이 되든 말든 내가 잘하는 걸 소소하게라도 지속해야 밖에서 상처받은 자신감이 나의 내면에서 리사이클 된다는 걸 알게 됐다. 한참 뒤 어느 날 알게 된 개념, 그게 '자기효능감'이란다. 충분한 자기 충족을 경험하며 앞으로 어떤 상황을 만났을 때 해낼 수 있다고 느끼는 신념을 나도 모르게 연습하고 있었던 모양이다. 지금껏 잘해왔던 것을 계속 멈추지 말고 즐겨야 한다. 그래야 좌절감을 느낄 미래의 어느 순간에 그 기억을 꺼내보며 다시 힘을 내게 된다.

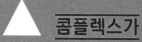 콤플렉스가

당신을
도울지도 모른다

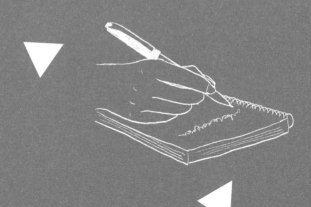

축구 경기가 있던 날 기숙사 친구들과 함께 유러피언 챔피언십을 구경하러 팬 파크에 갔다. 정중앙에 거대한 스크린을 설치해놓았고 광장의 둘레에는 각종 음식을 파는 텐트들이 있었다. 평소에는 비교적 조용한 스위스의 거리도 이런 이벤트가 있으면 조금은 활기찬 모습으로 변모했다. 축구 경기보다는 야시장에서 파는 태국 쌀국수를 먹겠다고 친구들을 따라 가볍게 나선 참이었다. 미리암과 레미, 헤난과 마디가 함께 나왔다. 수다를 떨며 발걸음을 옮기던 중이었다. 어슬렁어슬렁 걸으며 남자 사람 친구들과 축구 얘기를 했다. 아, 그렇지. 〈무한도전〉에 출연했던 축구선수가 기억이 났다.

"나도 프랑스 축구선수 아는 사람 있어. 국가대표, 앙리!"

"응? 누구 말하는 거야?"

"앙리, 앙리 몰라? 그 사람을 모를 리 없을 텐데. 프랑스 국가대표잖아. 왜 두상이 예쁘고 머리카락 없는 청년 말이야."

다들 전혀 모르는 눈치였다. 헤난과 레미는 당황한 얼굴로 서로를 바라보며 어리둥절한 채 누구를 말하는 거냐며 물었다. 처음 들어보는 사람이라고. 그때 옆에서 듣던 마디가 말했다.

"엉히!"

그제야 레미와 헤난의 표정이 풀렸다.

"엉히를 말하는 거였구나."

세상에. 내가 알던 앙리, 내 이름처럼 '리'자 돌림이라고 농담하며 좋아했는데. 잠시 충격에 휩싸여 말문이 막혔다. 내가 아는 모든 프랑스 단어 발음을 전부 '새로고침' 해야 했다. 하나씩 고쳐나가야 하는 엉터리 발음이 얼마나 많을까. 역사 속에는 유명한 엉히들이 꽤 많았다. 축구선수 앙리뿐 아니라 세계사 시간에 배운 부르봉 왕가의 앙리 4세*Henri IV de France*도 마찬가지였다. 영어식으로 읽으면 헨리, 이건 시작에 불과했다.

사무실에서는 근무시간 중 불어 수업을 들을 수 있도록 교육비까지 지원해주었다. 아침마다 부지런히 불어 공부를 하러 다녔다. 하지만 2주 만에 접수처에 찾아가 항의해야 하는 사건이 벌어졌다. 지난 2주간 어떻게든 따라가려고 고군분투했으나 급기야 수업 중에 폭발하고 만 것이다.

"제가 등록한 반은 *Debutant*, 즉 생짜 초급반이란 말입니다. 하지만 학생들이 선생님과 벌써부터 스스럼없이 대화하고 토론하는 게 정상적인 커리큘럼입니까? 프리 토킹이 가능한 저 학생들은 초급반에 오면 안 된다고요!"

첫 시간에 *a*아, *b*베, *c*세, *d*데 알파벳 읽는 법을 배웠을 뿐인데 바로 다음 시간부터 프리 토킹이라니 도저히 안 될 일이었다. 학생들은 불어 문법을 전혀 모른 채 어디서 주워들은 단어들을 조합해 스피킹했고 그것만으로도 곧장 대화가 되었다. 같은 반 학생들의 면면을 살펴보니 제네바에서 8년을 근무한 미국인, 거주 3년 차쯤 된 포르투갈인 등 듣고 이해하고 대답할 줄은 알아도 글자로 적을 줄은 모른다고 했다. 듣고 말할 줄 알면서 왜 초급반에 온 걸까. 정말 초급인 나는 설 자리가 없었다. 사무실에서 교육비를 전액 지원해주었으므로 최대한 결석하지 않고 성실히 다녔지만 어김없이 반복되던 자괴감은 이루 말할 수가 없었다. 접수처에서는 "당신이 열심히 공부해서 따라잡는 수밖에 없다"라는 대답만 할 뿐이다. 급기야 나는 '좋아하다*Aimer*' 동사를 배우는 날 교실 안에서 공개 선언을 하고 말았다.

"Je n'aime pas le français, je n'aime pas les conjugaisons. 난 불어 싫어, 동사 변형도 싫어."

그들은 웃었다. 내가 농담하는 줄 알고. 그렇지만 이때보다 진심이었던 적이 없다. 다들 주템므 같은 예시를 들 때 속으로 부글부글하고 있었다. 수업 시간마다 자책하던 옆자리 일본인 학생은 이번에도 수업을 이해하기 힘들다면서 자기 머리를 손바닥으로 마구 때렸다. 언어 바보 콤플렉스가 생기기 시작했다. 주변을 볼 때마다 자괴감은 커졌다.

한국의 설이나 추석처럼 유럽에는 가족과 다 함께 시간을 보내는 날로 부활절과 크리스마스가 있다. 부활절 휴가 동안 나는 이탈리아를 여행했다. 로마 바티칸 미술관을 찾아가 시스티나 성당에 있을 미켈란젤로의 벽화를 실제로 볼 생각에 무척 기대가 컸다. 그 와중에 내 눈을 사로잡은 한 단어가 있었다. *Museo*. 로마라는 도시는 전체가 근사한 미술관이었다. 골목마다 언덕마다 미술관이 끝도 없이 등장했다. 내가 한참이나 바라본 그 간판 '*Museo*'는 어디서 많이 본 단어였다. 파리의 오르세 미술관의 불어 이름은 '*Musée d'Orsay*'였다. 박물관을 영어로 쓰면 '*Museum*' 불어로 쓰면 '*Musée*' 이탈리아어로 쓰면 '*Museo*'였구나. 뮤지엄, 뮈제, 무제오.

이거 너무 억울한 경쟁인 걸. 커뮤니케이션과 홍보 분야에 경력을 쌓아가던 나로서 영어 모국어 화자가 아니라는 불리한 조건을 앞으로 어떻게 극복할 것인가 고민하던 중이었다. 트라우마는 더 짙어졌다. 아무리 애써도 오르지 못할 산이 있다는 것. 라틴어를 근간으로 발달한 언어들은 뿌리가 같아서 단어들이 비슷하지 않은가. 문화권이 다른 나 같은 사람은 백날 노력해도 이들의 속도와 이해도를 따라잡지 못하겠구나. 언어를 장점으로 사용하는 직종은 어쩌면 내 선택지에서 과감하게 버려야겠구나. 체급이 다른 싸움을 앞두고 나는 두 손을 들었다.

미리암과의 대화가 떠올랐다.

"너의 전문 분야는 어느 쪽인데?"

"난 커뮤니케이션, 홍보 그리고 콘퍼런스 기획이야."

다시 선택해야 했다. 국제기구 커뮤니케이션 분야는 기대를 접자. 씁쓸하고도 어려운 결론에 이르렀다. 무모해 보이는 일을 도모하기 위해 토끼굴로 기어 들어간 내가 감당할 일이 뭔지. 모험을 시작하기 위해서는 자신의 장점이 무엇인지 단점이 무엇인지부터 정확히 알아야 했다. 이후 나는 언어에 대한 깊은 콤플렉스를 늘 염두에 두고 지냈다. 콤플렉스를 시원하게 인정한 후 표현에 더욱 공을 들이고 기록에 집착하게 되었다.

듣기도 마찬가지였다. 직장을 옮긴 뒤 격주간으로 회의하며 진행 사항을 의논하고 보고할 때 여전히 나는 자신이 없었다. 내가 이들의 발언을 정확히 알아들었는지 확인할 길이 없었다. 그때부터 시작되었다. 흡사 속기사 수준으로 회의마다 모든 문구와 구절을 꼼꼼하게 필기하는 버릇이 생겼다. 2

주 뒤 회의에서 재밌는 상황이 벌어졌다. 언변이 좋은 수다쟁이 팀원들이 하도 정신없이 말을 하는 바람에 의견이 얽히고 설켜서 누가 어떤 얘기를 했고 어떤 경로를 지나 최종 결론에 다다르게 되었는지 정확히 기억하는 이가 단 한 명도 없었다. 그런데 나는 명확히 기억하고 있었다. 속기사처럼 열심히 적었기 때문이다. 그리하여 그들의 발언을 정리해주고 일의 분담과 지난번 회의의 방향을 상기시켜주는 역할을 하게 되었다. 무려 몇 개 국어를 구사하는 이탈리아, 시리아, 뉴질랜드 출신 동료들 앞에서.

언어에 자신이 없어서 꼼꼼하게 경청하고 기록한 덕분에 가능한 일이었다. 정확히 알아듣지 못해 자칫 중요한 업무를 놓치게 될까 봐. 나 혼자 엉뚱한 일을 하고 있을까 봐. 회의 중 필기를 열심히 하다가 보스의 발언이 확실치 않으면 고개를 들어 곧바로 질문을 했다. "그래서 그 사안이 아직 결정이 '안' 되었다는 거지요? 한번 더 검증이 필요하다는 거지요?" 하고 물으면 보스는 잠시 멈췄다. 팀원들이 이 사안에 대해 설명이 필요한가 보다 싶어서 못다 한 설명을 보충했다. 별안간 나는 적극적으로 참여하며 진중한 표정으로 회의의 맥을 짚는 사람이 되어 있었다. 소 뒷걸음치다가 쥐를 밟은 격이지만. 자연스럽게 얻은 좋은 이미지를 굳이 부정하지는 않았다.

고생하다 보면 한 번씩 얻어걸리는 것도 있기 마련이니 기쁘게 받아들이자는 생각으로. 콤플렉스가 장점으로 작용해준 결과다. 지금도 나는 그렇게 생각한다. 열등감을 어떤 방식으로 다룰지 고민하면 콤플렉스가 언젠가 나를 도울 날이 올 거라고. 그 첫 번째는 나의 열등감을 깔끔하게 인정하고 시작하는 것이다.

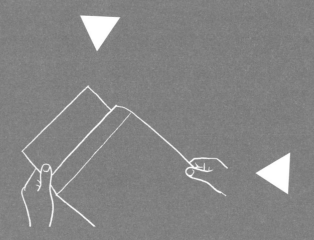

사소한 디테일이
첫인상을 결정한다

전 세계 네트워크를 통해 활동하는 우리 단체는 국가별로 한두 명에 한해 콘퍼런스 참가 경비를 지원해주는 펠로십 제도가 있다. 기획자인 나는 선발된 이들을 활용해 세션마다 리더십 역할을 맡길 예정이었다. 어쩌면 몇 년 전의 나처럼 국제 콘퍼런스 데뷔 무대를 만날 수도 있다. 지원서를 취합하고 활동 이력을 요약해 사무총장 롤란도에게 보고해야 했다. 그날도 도착하는 서류를 한 장씩 검토하던 중이었다. 한숨이 나왔다. 한국에서 도착한 지원서 때문이었다.

콘퍼런스 경비 지원 금액은 한국-덴마크 왕복 비용의 70퍼센트쯤을 커버할 만큼 책정돼 있었다. 때문에 지원 서류와 함께 신분증 복사본을 받았다. 문서를 취합하고 확인하다 슬슬 짜증이 올라왔다. 왜 영문 이름을 여기저기 다르게 적어놓는지. 본인 이름 아닌가? 지원할 당시 이메일에 쓴 자기 이름, 지원 서류에 쓴 이름 철자와 여권에 적힌 이름 철자가 모두 제각각이었다. 실무자들은 이런 서류를 어떻게 처리해야 할지 몰라 난감해했다.

서류상 이름 철자가 토씨 하나만 달라져도 이 인물은 동일 인물이 아니다. 조 씨가 성을 *Jo*로 적을지 *Cho*로 적을지

본인이 결정했으면 계속 견지해야 한다. 한국에서 보내온 지원 서류에는 동일 인물이 비단 성만 다른 것이 아니라 성과 이름이 모두 다른 경우도 있었다. 발음이 같으면 영어 철자가 조금 틀려도 괜찮다 생각하는 경향이 있는데 천만의 말씀이다. 그건 김선영 씨가 김신영 씨인 척하는 상황인 거다. 만약 취업 지원 서류와 관련이 있다면 문제가 달라진다. 자기 이름도 똑바로 못 적는 사람에게 무슨 일을 맡기겠나. 신뢰도가 떨어진다. 비슷한 사례가 반복되니 서류를 펼쳐놓고 비교해 분류하느라 필요 없는 단순작업이 늘어났다. 본인의 영문 이름 철자를 한번 확정했으면 계속해서 통일해 적어내도록 하자. 부디.

지인이 겪은 실제 사례는 더 복잡했다. 미국에서 아버지가 본인은 *Choe* 씨로, 태어난 아들은 *Choi* 씨로 여권과 신분증에 등록해놓아서 성인이 된 후 가족관계가 증명이 안 된 케이스다. 일상생활에서는 별로 문제가 없을 것 같지만 아니다. 재산 상속부터 의료보험과 영주권 신청까지 가족관계 증명이 필요한 서류가 셀 수 없이 많다. 그때는 증빙해줄 변호사를 고용해서 법적 서류를 고쳐야 하는 경우가 생긴다.

한국에선 알파벳을 쓸 일이 없고 영문 이름을 자주 쓰지 않으니 어쩔 수 없다고 변명하겠지만 우리가 의식하지 못할 뿐 영문 이름을 쓰는 일은 의외로 빈번하다. 신용카드에 양 각으로 새겨진 이름은 영문으로 적혀 있고 그 카드를 우리는 하루에도 여러 번 사용한다. 여권과 신용카드를 비교해보면 이름 철자가 다른 경우가 많다. 둘 중 하나는 바로잡아야 한 다. 여행을 계획할 때, 호텔이나 비행편 예약 시 신용카드에 적힌 이름과 여권에 적힌 이름이 달라서 본인 확인을 거듭하 느라 귀찮은 일이 생긴다.

또한 해외로 지원서를 보낼 때엔 국가명과 국가번호를 표기하는 게 좋다. 지원 서류에는 이름과 전화번호, 주소 등 을 적는 공간이 있다. 전화번호를 010-000-0000으로만 적 으면 곤란하다. 한국 휴대전화가 010번으로 시작할 뿐 이건 국제 표준이 아니다. 외국 사람들은 그 전화번호가 한국 번호 인지 모른다. 국가번호 +82번을 적어주는 것이 현명하다. 전 화 인터뷰라도 잡힌다면 인사과 사람이 국가번호를 검색해 야 할 텐데 미리 반듯하게 적힌 이력서를 보면 좋은 인상을 남길 수 있다. 마찬가지로 주소를 적을 때도 *Korea (Republic of)* 혹은 *South Korea*라고 국가명을 포함해서 적자. 중요한 서류를 북한으로 보내고 싶지 않다면 말이다.

현지에 연락을 취할 때엔 시차 확인이 필수다. 모두들 퇴 근하고 난 시간에 전화해 부재중 기록을 남겨놓고는 당신들이 내 전화를 받지 않아 피치 못하게 이메일을 보낸다고 항의하면 유감이다. 지구는 둥글고 내가 자러 갈 때 누군가는 하루를 시작한다. 물론 나도 실수를 했었다. 업무 관련 회의를 위해 콘퍼런스콜 스케줄을 이리저리 맞춰보던 중이었다. 미국과 이집트의 시차를 고려해 업무 시간 중에 모두 참여할 수 있도록 계산했다. 그러나 아웃룩 메시지를 보내고 나니 곧장 한 통의 이메일이 도착했다. 중동 지역은 금요일이 휴일이라고. 결국 일정을 다시 잡느라 수고로웠던 건 다름 아닌 나였다.

해외로 지원서를 보낼 때엔 한글 문서 파일로 보내면 안 된다는 것을 명심해야 한다. 파일명이 .hwp로 끝나는 문서는 한국 전용이다. 어느 날 한국에서 보낸 문서를 받았는데 첨부파일을 열 수가 없었다. 당연한 얘기다. 한국이 아닌 다른 나라의 컴퓨터에 한컴 프로그램이 깔려 있을 리 없다. 동료 제임스는 그런 나를 지켜보더니 "다 방법이 있지. 내가 해결해줄게" 하며 회의실에 위치한 공용 컴퓨터 앞으로 나를 이끌었다. 이런 일이 워낙 빈번하니 모두가 사용할 수 있도록 공용 컴퓨터에 한글 파일 뷰어 *Hanword HWP viewer* 프로그램을 다운받아 놓았던 모양이다. 오로지 한국에서 보낸 서류를 보는 용도였다. 대안은 *Microsoft Word* 파일로 보내거나 아예 pdf로 변환해서 보내는 방식이다. 특히 이력서는 pdf로 송부하는 방법을 추천한다. 보안에 철저하다는 인상을 줄 수 있다.

덧붙여, 문서의 머리말*header*이나 꼬리말*footer* 한 귀퉁이에 페이지 번호를 적고 영문 이름과 날짜를 함께 표기하면 금상첨화다. 페이지마다 문서의 정체성과 소유권이 드러날 수 있도록. 출력한 페이지가 섞이거나 다시 취합해야 할 때 유용하다. 사소한 디테일이 당신의 소중한 지원서에 좋은 인상을 선사하고 쓰레기통에서 구해줄 수 있다.

선함은

또 다른 선함을
낳고

구직을 위해서 스스로를 세상에 드러내야 한다. 약점도 말할 줄 알아야 한다. 주변 사람들에게 나의 상황을 여러 차례 구술하다 보니 초라한 내 처지가 명료하게 와닿았다. 슬슬 현실을 알아차리는 대신 창피한 게 없어졌다. 고충을 털어놓고 도움을 청하는 말 한마디 한마디가 점점 구체적이고 명확해졌다. 근사하고 매력적인 사람으로 묘사하고 싶은 마음을 내려놓았다. 장점을 어필하는 동시에 단점도 적나라하게 밝혔다. 도와달라는 마당에 상대방을 떠보려는 태도는 집어치워야 한다.

세계난민기구에서 정년퇴직하고 우리 사무실에서 자원봉사를 하는 아사바에게 자기소개서 검토를 부탁하며 보완 사항을 물었다. 그는 영어 작문이 더 매끄럽도록 충분히 연습하라고 조언했다. 아사바는 평생 미션 보고서와 프로젝트 페이퍼를 작성해온 사람이었다. 그동안 캐롤과 제임스의 도움을 받아 영어 작문을 지도받았지만 아직 장문의 보고서를 쓸 실력이 되지 않았다. 용도와 목적에 맞춰 어휘와 표현을 달리하는 글쓰기는 생각보다 쉽지 않았다. 아무리 모국어 문장이 수려한 사람도 언어가 바뀌면 그동안 갈고닦은 수사법과 문장력이 기존 글쓰기를 방해할지도 모른다. 공식 문서에서 쓰는 문법은 평소 내가 적어간 글들과는 다른 종류였다. 조직만의 언어가 다르기도 하다.

자기소개서를 완성했다고 해서 일이 술술 풀리는 건 아니었다. 경력도 이력도 목표도 달랐던 내가 국제기구를 목적지로 설정해놓고 보니 상황이 결코 쉽지 않다는 것이 피부로 느껴졌다. 지원서를 어디로 보내야 하는지도 확실치 않아서 인터넷만 뒤져보는 중이었다. 주변부에 발을 담갔으나 수심을 알 리 없었다. 허우적대다 보면 뭐라도 잡힐까. 국제기구에 관심을 두고 여기저기 지원한다는 사실을 알게 된 주변인들이 조금씩 도움을 주기 시작했다. A가 어느 부서에서 근무하기에 몇 가지 코치를 해줄 수 있을 것이다. B는 인사과에 있기에 패인을 바로잡아줄 수 있을 것이다. 실무자들은 조언도 구체적이다. 하지만 모든 게 너무 멀게 느껴졌다. 닻을 어디에 내려야 할지 모른 채 망망대해를 떠도는 표류자와 같은 심정이었다. 그때 내 발이 대륙을 딛게끔 해준 사람이 있다. 당신도 이 대륙의 일원이라고 인정해준 선배였다. 인간을 사회적 지위로 나누고 이해관계를 따지며 같은 카테고리의 사람들만 손잡아주는 이와는 다른 사람이었다.

어느 날 지인이 한 인물의 존재를 알려주었다. 나와 비슷한 또래의 *JPO(Junior Professional Officer)* 합격자가 곧 근무를 시작한다고. 현재 프랑스에서 불어 공부를 하는 중인데 정식 출근하면 소개해줄 테니 인사라도 하라고. 그리하여 J를 만나게 되었다. 그는 나와는 다른 세계의 사람이었다. 어릴 적 외국에서 생활해 영어는 원어민 수준이었고 불어 커뮤니케이션에도 어려움이 없었다. 졸업 후 대기업에 들어갔고 자신의 길을 찾아 뉴욕 유엔 본부 인턴십을 시작했다. 한국에서 열 명 남짓 선발하는 JPO 시험에 합격해 국비 지원으로 원하던 국제기구에 발령받은 인물. 이른바 알파 보이, 엄친아였다. 이름도 알려지지 않은 한 NGO에서 11개월짜리 계약으로 단기 근무하는 나와는 차원이 다른 사람이었다. 국제기구 아무 곳이나 걸리기만 해봐라 하는 심정으로 뒤늦게 분투하는 내가 딱해 보였는지 J는 본인이 가진 따끈따끈한 취업 자료들을 왕창 보내주었다.

그러던 어느 날이었다. 유엔 국제기구에 '국제공무원' 한국인 네트워크가 있는데, 그 주소록과 모임 공지와 관리를 본인이 맡았다고 했다. NGO 근무자인 나를 그 주소록에 포함시키겠다고. 그뿐이 아니었다. 3개월 혹은 6개월 단위로 단기 인턴을 하는 인물들과 유럽물리입자연구소*CERN*에서 근무 중인 물리학 박사과정생들도 포함시키겠다며 그들의 연락처를 물어왔다. 획기적인 일이었다. 정직원도 아닌 뜨내기들을 모두 껴안겠다는.

"우리는 국제기구 직원도 아닌데 괜찮겠어요?"

"모두들 제네바에서 근무하는 한국인인데 굳이 소속과 지위를 구별할 이유가 없습니다."

이방인인 나를 커뮤니티에 포함시켜준 사건이었다. 이 일로 그동안 고군분투하던 '무명인'들이 커뮤니티 안에 자연스럽게 흡수되었다. 사람의 선한 영향력이 발휘된 순간이었다.

새로 들어간 모임에서는 레만 호숫가에서 바비큐를 하기도 했고 이따금씩 식사 모임을 하기도 했다. 아무것도 가진게 없다고 느꼈던 내게 별안간 '네트워크'가 생겼다. 누군가 품어주지 않았다면 불가능한 일이었다. 망망대해에서 멀리 바라보기만 했던 저 땅이 조금 더 현실감 있게 느껴진 시점이다. 만질 수 있는 실체가 생긴 것 같았다. 자신의 네트워크를 열어준 은인의 등장으로 나는 자신감이 생겼다. 신문 칼럼에서만 보던 대단한 인물을 만났고 이들을 선망하게 되었고 용기 내서 연락하고 질문하고 싶은 일들이 생겼다. 개인적인이야기를 나눌 수 있도록 그는 자연스럽게 자리를 마련해주기도 했다. 어떻게든 내게 도움이 되는 방향으로 대화를 유도하고 옆에서 애써주었다. 그동안 나는 다양하고도 출중한 사람들이 해주는 이야기를 경청해가며 차곡차곡 교훈을 쌓아 갔다. 사람들은 못난이를 응원하고 싶어 한다. 때로는 열심히 애쓰는 사람을 바라보며 감정이입을 하기도 한다. 그들의 잔 잔한 격려와 축복이 내게 물들었다.

　나는 선한 영향력을 충분히 수혜한 사람이기에 후배들이 다가올 때 일단 시간을 내어줘야 한다는 원칙을 고수한다. 누 군가는 자신의 네트워크를 고스란히 열어주었고 나는 그 선한 마음의 세례를 받았다. 그로 인해 시야가 트였다.

엑스트라타임에도

극적 반전은

일어난다

덴마크 콘퍼런스를 무사히 마치고 돌아오는 길, 저가항공을 타고 영국 런던에 들러 며칠을 머물렀다. 마지막 남은 휴가였다. 트라팔가 광장 앞 브리티시 뮤지엄에서는 오노 요코 특별전이 있었다. 〈*Wish Tree Yoko Ono art series* 소망 나무 오노 요코 아트 시리즈〉였다. 미술을 감상하는 사람들이 각자 자신이 원하는 희망을 메모지에 적어 매듭을 묶은 뒤 위시 트리 가지에 하나씩 걸어 풍성한 이파리를 만들어가는 참여 미술 작품이었다. 나보다 앞서 간 관객들이 적어놓은 하얀 메모들이 나무에 주렁주렁 달려 있었다. 그때 작품을 설명하는 벽면에 이 문구가 적혀 있었다. '*Keep wishing.* 계속해서 소망할 것.' 나는 종이 한 장을 손에 쥐고 신중히 생각했다. 구체적으로 적어야 한다고 생각했다. 무엇을 소망할까. 곧이어 반듯한 글씨로 메모를 적었다. 튼튼하게 고리를 만들고 나뭇가지에 매달았다.

'유럽에서 일하고 싶어요.'

이제 나의 소망이 저 나무에 걸려 있다. 이 메모는 나 자신에게 말하는 집요한 암시이기도 했다. 유럽에서 '사는 것'이 내 목표는 아니었다. 이곳에서 나는 프로페셔널로 일해보고 싶었다. 소망 나무는 이번 전시를 마치고 핀란드에 간다고 했다. 소원이여, 이뤄질 때까지 버텨주길.

휴가에서 돌아오자 롤란도는 한 달을 더 근무할 수 있는지 물었다. 모두들 여름휴가로 자리를 비울 예정이고 본인도 출장이 잡혀 있는데 내가 사무실에서 백업을 해줄 수 있는지 물어왔다. 시간을 벌었다는 생각에 안도의 한숨이 나왔다. 책상 밑으로 조용히 두 손을 마주 잡았다. 축구 경기로 치면 후반전이 모두 끝난 뒤 심판의 재량으로 몇 분간의 엑스트라타임이 주어진 상황이었다. 원래 계획대로라면 불과 몇 주 뒤 나는 기숙사를 깨끗하게 정리하고 한국으로 돌아가야 했다. 신분증이 다음 달로 만료되고 외국인으로서 스위스에 머물 수 있는 근간이 사라진다. 초조함이 극에 달하던 시점이었다. 기숙사도 월급도 비싼 보험료도 정확히 한 달 치가 확보되었다.

여기저기 빈 자리가 많던 사무실, 점심시간마다 본격적으로 실용적인 영어 공부를 시작했다. 각 국제기구에서 구인 공고를 내는 웹사이트를 찾아 리스트업해놓고 그곳에 올라온 공지 안내문을 읽고 해석하는 것으로 그 세계의 언어에 대한 감을 익히려고 노력했다. 자격 조건, 언어 능력, 후보자가 갖춰야 할 지금까지의 연관 경력, 그리고 이 자리에 선발된 사람이 해야 할 구체적인 업무들이 한 장짜리 공지글에 빼곡히 적혀 있었다. 어려운 단어가 너무 많았다. 한 줄 읽다가 영어 사전을 찾아보고 도로 덮었다가 다음 날 처음부터 다시 시작해야 할 정도로 도무지 진도가 나가지 않았지만 절반이라도 이해해보려고 애썼다. 여름휴가에서 일찍 돌아온 폴린과 함께 영문 자기소개서의 문장을 고치고 또 고쳤다. 글이 깔끔해지려면 아직 멀었다고 타박을 받았다.

퇴근 후엔 지칠 때까지 걸었다. 과연 부유한 여행객들이 가득한 스위스의 여름이었다. 제네바의 레만 호수 주변 별 다섯 개짜리 아름다운 호텔들 앞에는 람보르기니, 페라리, 포르쉐 등의 슈퍼카들이 나란히 서 있었다. 모두들 시원한 여름휴가를 보내는 이 행복한 시간에 나는 엑스트라타임을 얻어 더 촘촘히 뛰어다니며 무언가를 반드시 성사시켜야 하는 상황이었다.

계속해서 고쳐 쓴 영문 자기소개서는 제법 꼴을 갖추어갔다. 내가 왜 훌륭한 후보자인지 구체적인 사례를 숫자와 함께 적으며 선명한 글을 적어 내려갔다. 이번에 마무리한 덴마크 콘퍼런스 성과가 가장 눈에 띄도록 신경 써서 적었다. '30여 개국에서 온 참가자들이 함께하는 220명 규모의 국제 콘퍼런스를 총 기획하며 퍼실리테이터 그룹을 책임 프로그래머로서 이끌었다.' 이벤트의 규모와 일하는 방식에 필요했던 문화적 다양성과 네트워크, 조화에 대한 경험도 넣었다. 지금까지 받은 교육과 활동 경력을 통해 갈고닦은 모든 능력치를 당신의 기관을 위해 사용할 준비가 되었다는 점을 어필했다. 자기소개서 분량은 한 장이 넘어가면 안 된다고 했다. 아무리 쓰고 싶은 말이 많아도 축약해야 한다. 이미 적은 내용을 다시 빼는 게 또 다른 작업이었다. 유엔에 대한 대단한 선망이나 개인적 포부를 과감하게 빼고 내가 지금껏 해온 소소하고도 선명한 성취들을 분명하게 적었다.

첨삭과 검토를 거치며 여러 사람에게 조언받은 내용을 자기소개서에 최대한 반영했다. 'I나'로 시작하는 문장을 반복하지 말라는 코멘트를 받았다. 다시 읽어 보니 '나는 ~를 했다' '내가 ~를 마쳤다' '나는 ~를 이해한다' 류의 문장이 계속 등장했다. 전부 뜯어고쳤다. 글에서 모든 시작이 '나, 나, 나'를 반복하면 유아적인 느낌이 난다. 시야가 좁아 보이지 않으려고 애썼다. 나열식으로 적어놓은 걸 바꾸어 글에 자연스러운 전개가 생기도록 연결하며 문장을 다양하게 쓰려고 노력했다. 읽는 사람에게 특정 리듬을 주기 위해 흐름을 의도했다. 수동태를 피하고 적극적인 동사를 사용했다. 이를테면 '실행했다, 적용했다, 획득했다, 경험했다' 같은 진취적이고 자기주도적인 동사는 글에 에너지를 얹어준다.

이력서에 이미 적은 내용을 또 적을 필요가 없다는 조언을 들었다. 수많은 이력서와 자기소개서를 인사과에서 1차로 훑어볼 때 업무 연관성이 있는 몇 개의 특정 단어로 필터링한다는 것이었다. 그래서 동일한 단어를 반복하지 않으려고 유의어를 많이 찾아봤다. 뭐라도 거름망에 걸려 1차 묶음으로 인사과 손에 들어가는 게 목표였다. 그렇게 공을 들이며 눈에 보이지 않는 간절한 소망을 자기소개서의 단어 마디마디에 불어넣었다. 제발 나를 발견해주길. 이후로도 틈만 나면 자기소개서를 수정했다. 조금 더 프로페셔널한 영어로 세련되게 보이도록 고민했다. 이력서를 고치고 또 고치며 계속해서 소망하는 마음을 활자 안에 간절히 집어넣었다. 작가 수잔 손택의 말을 꺼내본다.

내가 개척하길 원하는 삶을 살 수 없을 거란 생각은 한 번도 해본 적이 없습니다. 어떤 무언가가 나를 멈출 수 있을 거란 것도요. 나에겐 아주 단순한 견해가 있었죠. 이상이나 열망을 가지고 시작한 사람들이 결국 젊었을 때 그토록 꿈꾸던 일을 종국에 하지 못하게 된 이유는 그들이 중도에 그만두기 때문이라는 거죠. 저는 생각했어요. 그래, 나는 그만두지 않을 거야.

그의 말은 자신의 인생을 한 방향으로 끌고 간 인물의 끈기과 뚝심을 보여준다. 내 마음도 손택이 말하는 그 방향으로 함께하고 있었다. 정확히 3주 뒤, 나는 길을 걷다가 한 통의 전화를 받았다. 세계기상기구 *WMO(World Meteorological Organization)*였다. 전화를 끊고 난 뒤 그 자리에 꼼짝없이 서 있었다. 발을 뗄 수가 없었다. 고대하던 기막힌 뉴스를 듣고 길에서 꼬박 30분 동안 혼자 눈알만 굴리며 붙박이처럼 서 있었다. 여전히 휴대폰을 한 손에 꼭 쥔 채. 소망을 멈추지 않고 쉼 없이 걷던 길에서 그렇게 많은 일이 벌어졌다. 전반전과 후반전을 모두 마친 후 어렵사리 받은 엑스트라타임에 극적 반전이 벌어진다면, 이렇게 승부차기까지 가는 거였다. 곧이어 국제기구 인턴십이 시작되었다.

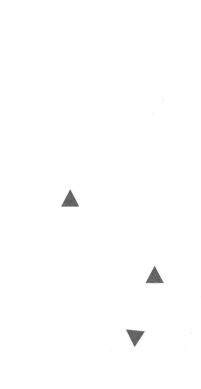

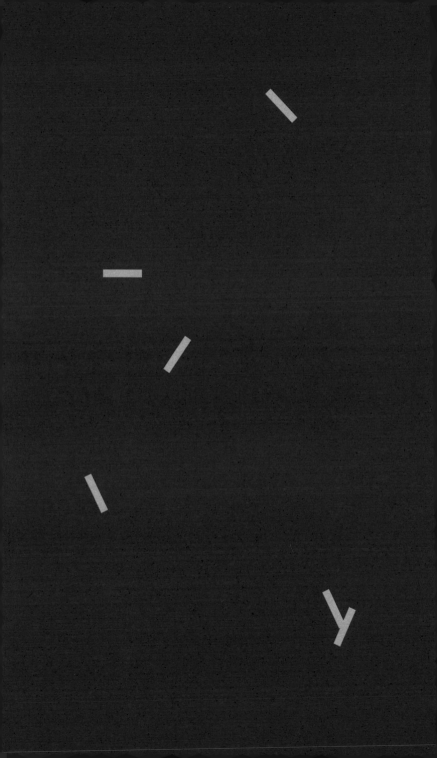

일의 언어로
영어를 배우는 일

"Acquiring English as a language for work"

근로자의 언어를
배우는 일

세계기상기구로의 출근길은 어김없이 기숙사 복도에서 들려오는 음악으로 시작한다. 포르투갈 출신 청소 스태프들의 부산스러운 노동 소음으로 아침이 꽉 찼다. 트램역을 향해 걸으며 헤드폰의 전원을 켰다. 아직 잠에서 깨지도 않았는데 심각한 뉴스로 아침을 시작하고 싶지 않았다. 뭘 들으며 갈까. 역시 〈심슨 가족*The Simpsons*〉(이하 〈더 심슨즈〉)이 딱이었다. 익숙한 드라마의 오프닝 타이틀이 들리자 마지 심슨의 불규칙하게 갈라지는 목소리와 호머 심슨의 억울한 듯 당황하는 표정이 눈에 그려졌다. 대중 시트콤인 만큼 구어와 쉬운 단어가 가득한 대사들이 귀에 선명하게 들어왔다.

〈더 심슨즈〉를 들으며 아침을 재미난 에너지와 기대감으로 충전했다. 또박또박 자신의 주장과 논리를 전개해가는 촌철살인의 리사 심슨의 대사들을 들으며 아직 잠자는 머리를 자연스럽게 데웠다. 단, 조건이 있다. 영상은 보지 않고 오로지 귀로만 들을 것. 한마디 한마디 꺼내놓는 대사가 중요하기 때문에 오로지 소리로만 들어야 한다. 에피소드마다 시사적인 소재를 시니컬한 코미디 형식으로 풀어내며 소화하기 때문에 재미와 교훈이 있다. 극은 머릿속에서 그려진다. 상상만으로도 충분하다. 변명하는 호머 심슨과 지적하는 마지 심슨의 대화를 들으며 순발력 연습을 한다. 대사를 좀 더 유연하고 매끄럽게 만드는 나만의 이미지 트레이닝이 된다. 심슨가의 목소리가 지루해질 때쯤 영화 〈악마는 프라다를 입는다〉를 들었다. 극 중 앤디 역을 맡은 앤 헤서웨이의 발음과 발성이 얼마나 똘똘한지. 구름 속을 걷는 듯한 메릴 스트립의 대사와 영국식 억양이 강한 에밀리 블런트의 리듬까지도 출근길에 딱이었다. 영화 속 출근 장면처럼 나의 발걸음에 기운이 실린다. 트램에서 내릴 때까지 들려오는 소리로 워밍업하며 나의 하루를 채워갈 영어 스피킹에 시동을 걸었다.

인턴십을 시작하고 나서 변화된 근무 환경을 피부로 느꼈다. 불과 열 명이 되지 않던 작은 조직을 떠나 거대한 규모의 국제기구에 들어와 보니 캐주얼하게 주고받던 커뮤니케이션은 빈도수가 줄어들었다. 다른 부서 사람들과의 대화는 대부분 공적인 메시지로 해석되었고 인턴인 나 또한 마찬가지로 말과 글의 책임과 무게가 주어졌다. 조직 사람들은 형식을 중요하게 생각하는 경향이 있었다. 타부서로 보내는 커뮤니케이션에 자칫 실수하지는 않을까 주의를 기울여야 했다. 말을 조심해야 한다. 유머도 장착하고. 온종일 각성된 상태로 귀를 쫑긋 세우며 일했다. 인턴에게도 한 사람의 몫을 해내도록 제대로 된 업무가 주어졌기 때문이다.

퇴근 후에는 아침과 달리 프로페셔널한 콘텐츠가 들어 있는 드라마를 고르려고 신중을 기했다. 일터에서 벌어지는 전문가들의 이야기가 필요했다. 온종일 좌충우돌 분투하며 부족한 영어 실력을 손봐야 한다는 자책과 열망을 동시에 품고 퇴근한 상황이기 때문이다. 똑똑한 사람들에게 둘러싸여 있었으니 그에 자극받아 귀갓길엔 공부 에너지가 한껏 올라가 있었다. 이때 선택한 것은 지인에게서 빌려온 〈앨리 맥빌 *Ally McBeal*〉이다. 펜과 노트와 전자사전을 찾아 손에 쥔 채로 리모콘을 켰다.

드라마 〈앨리 맥빌〉은 변호사 사무실에 근무하는 주인공 앨리와 지나간 첫사랑이 같은 사무실에서 조우하며 시작하는 오피스 드라마다. 동료 변호사들과 법률 사무소 직원들의 연애 스토리가 가득한, 사실상 법정 드라마를 빙자한 음악 코미디 작품이다. 저마다 이상한 사정을 가진 괴짜 의뢰인들이 에피소드마다 새로운 사건 사고를 들고 등장한다. 성희롱 사건, 사기 사건도 다룬다. 원고, 피고, 유죄입니다, 무죄입니다, 구금을 명령합니다, 증인을 요청합니다, 보석을 신청합니다 등 연애 이야기만 있는 게 아니라 법정에서 사용하는 단어가 수없이 호명된다. 최소 중급 어휘다. 피해자와 가해자에 대한 사연이 전면에 나타나면 변호사가 사건을 파헤치고 쪼개가며 논리적으로 풀어나간다. 이 모든 게 영어 공부를 위한 재료였다. 아무리 허구라지만 드라마 작가들이 사실 확인을 했을 극의 배경은 법정이었고 유효한 단어들이 많았다. 로맨스는 덤이었다. 변호하는 사건에서 어려움을 겪는 주인공 앨리를 보면서 조금씩 감정이입되었다.

지금은 무조건 전문가들이 분투하는 스토리를 보며 커리어에 필요한 원기를 충전해나가야 할 타이밍이었다. 근로자의 언어가 필요했다. 역시 선택은 탁월했다. 드라마엔 어처구니 없는 코미디와 성적 농담이 가득하지만 직장인들은 일터에서 치열하게 논의하고 합의하고 공동의 낭만과 목적을 추구한다.

자막을 영어로 설정해놓고 드라마를 재밌게 보다 보면 모르는 단어가 엄청나게 많이 등장했다. 그때마다 잠시 멈춤을 눌러놓고 단어 뜻을 검색했다. 모르는 단어투성이였다. 한 에피소드마다 최소 스무 번을 멈춰서 단어를 하나씩 검색했다. 유의어도 보았다. 사전에서 알려주는 발음도 볼륨을 높여 들어보았다. 영국식 발음과 미국식 발음을 모두 확인한 후 예문도 노트에 적어놓았다. 최소한 두 문장을 읽어보고 펜으로 꼼꼼하게 눌러 적어야 한다. 눈으로만 보고 넘기면 외워지지 않았다. 극에 등장하는 인물들의 면면을 보면 확실히 배우는 배우였다. 딕션이 훌륭하다. 토크쇼 진행자나 배우만큼 발음이 정확하고 감정이 풍부한 '말'과 '전달력'을 찾기는 쉽지 않았다. 우리가 출근해서 사용하는 말은 현실 드라마의 '대사'에 가까웠다. 작가가 정해놓은 캐릭터마다 자주 반복하는 표현, 버릇과 징크스가 회를 거듭할수록 파악됐다. 극에 몰입해 보다 보면 재판 중 어떤 상황에서 어떤 표현이 등장하는지 점차 각인되었다.

연애를 하면 함께 시간을 보내며 서로의 방식에 스며 들어가곤 한다. 무의식적으로 상대방의 어휘와 말투를 따라 하게 되는데, 결국 외국어도 비슷한 패턴으로 학습된다. 대상을 모사하면서 언어가 변형되거나 늘어간다. 혹시 자주 접하는 단어가 욕설이거나 성차별적 표현이거나 혐오 표현이라면 잠자코 듣기만 했어도 부지불식간 폭력적인 단어들이 내 입에서 튀어나온다. 상대방의 생각과 세계관까지도 흡수하는 것이다. 가깝게 지내는 사람들이 누군지는 빈번하게 사용하는 어휘에 근거해 쉽게 짐작할 수 있다. 내 귀에 들어오는 단어를 필터링하고 만나는 사람과 적극적으로 소비하는 콘텐츠들을 스스로 조절하고 끊어내야 한다는 의미다.

드라마에 등장하는 표현들을 하나씩 익혀갈수록 삶에 생

생하게 적용되었다. 신기했다. 국제기구에서 회원국이 모여 총회할 때 진행 발언의 대부분이 법정 드라마에서 사용하는 단어들이었기 때문이다. 잠시 휴정하겠습니다, 양측의 합의를 얻으십시오, 이의를 제기합니다, 동의하기 어렵습니다, 폐회하겠습니다, 존경하는 의장님. 마치 드라마가 펼쳐지듯 눈앞의 장면이 흥미로워졌다. 국제회의장에서 지금 내가 살아 있는 공부를 한다는 뿌듯함에 벅차올랐다.

궁극의

프로페셔널리즘을
위하여

　나는 늙은 인턴이었다. 비슷한 시기에 인턴십을 시작한 인물들 대부분이 20대 초중반의 청년들이었다. 매일의 삶을 대하는 태도가 다들 여유 있어 보였다. 같은 층엔 석사 과정을 앞두고 몇 달의 공백 기간을 알차게 보내고자 국제기구 인턴십을 지원한 독일 학부 졸업생이 있었다. 옆 팀엔 외교관 시험을 준비하며 국제사회 경험 차원에서 인턴십을 하는 시리아 이민 2세대인 프랑스 청년이 있었다. FC 마르세유의 광팬이며 한국의 게임 산업에 관심이 많은 친구였다. 그들과 달리 나는 본격적인 구직활동을 위해 이 세계로 뛰어든 상황이었다. 세계기상기구에는 온갖 분야의 전문가들로 가득했다. 주로 환경학자와 기상학자들로 최소 학위가 일단 '박사'였다. 오존을 공부한 박사, 대기 환경을 공부한 박사 등 '물, 기후, 환경' 세 가지를 주요 모토로 삼는 국제기구에서 저마다의 '덕력'을 발휘하고 있었다.

　매일 아침 10시, 기후 프로그램 부서에는 한 가지 전통이 있었다. 모든 팀원이 모여 커피 브레이크를 함께한다. 아름다운 레만 호수 풍경을 가득 담은 360도 전면 통창의 전망 좋은 카페테리아는 세계기상기구의 자랑이다. 우리는 오전 출근

후 정확히 30분간의 '소셜 커피' 시간을 가진다. 팀워크를 다지면서도 서로의 개성을 드러내는 재밌는 시간을 가진다. 소셜 커피에 참석하는 이들은 지켜야 할 원칙이 있다. 업무 얘기 금지. 매일 한 명씩 자원해 참여자 모두의 차를 준비한다. 지위와 상관없이 순서가 돌아간다. 준비하는 사람은 서빙도 해야 한다. 디렉터도 프로그래머도 동일한 방식으로 번갈아가며 인턴인 내게도 차를 서빙했다. 감개무량한 일이었다. 한국식 표현으로 치면 머리에 피도 마르지 않은 나를 위해 최고참 할아버지 디렉터가 커피를 들고 왔다.

과학자들은 상상 이상으로 대단한 수다쟁이들이었다. '식재료와 기후' '그날의 조도와 동물의 생존력' '물 부족 현상과 지역 분쟁' '바람이 부는 방향과 차기 미국 대통령 후보의 당선 가능성' 등 대화의 소재가 무궁무진했다. 당일 뉴스거리가 기후와 환경 문제로 수렴되며 동떨어졌던 소재가 섞이고 쪼개지고 재구성되었다. 말 그대로 '융합'이었다. 뭘 가져다 놓아도 '과학적 분석'을 할 것만 같았다. 아랍, 아프리카, 미대륙, 유럽, 아시아가 모두 섞인 그 자리에서 나이와 인종과 지위에 상관없이 스파크를 만들며 수평적인 대화가 가능하다는 것이 놀라웠다.

나는 숨기지 않고 문과생의 호기심을 드러냈다. 우리는 서로의 영역에 대해 궁금해하고 있었으니까. 심심할 때마다 오히려 내 견해를 물어왔다. 인턴인 내게 의견을 묻다니. 놀라워하면서도 최대한 또박또박 답변했다. 서로의 의견이 엇갈릴 때도 농담과 재치를 담아 아슬아슬하게 비껴가는 이들을 보며 현명한 대화법과 관점을 배워나갔다. 지금 생각해보면 전 세계 초유의 정치적인 주제가 될 기후변화와 세계의 대응에 대해 귀한 공부를 하게 된 계기였다. 카페테리아에서 얻은 어지러운 수다 속 지식이었다.

대화 속에서 나도 수동적일 수만은 없었다. 흥미로운 토론에 참여하기 위해 얼른 공부를 시작했다. 첫 번째로 서둘러 리서치한 내용은 영어 약어 공부였다. 새로운 분야에 들어왔으니 이들이 자주 사용하는 단어와 약어를 알아야 이해하는 시늉이라도 할 수 있겠다 싶었다. '유엔기후변화협약'이라고 불리는 COP은 영어로 풀어 쓰면 *Conference of the Parties*였다. 이렇게 축약된 약어들을 하나씩 알아보기로 했다. 그런데 웬걸. 업계에서 사용하는 줄임말을 수집하는 건 의외로 어렵지 않았다. 국제기구는 매해 이사회 회기가 끝나면 회원국 의결의 결과를 리포트로 발행한다. 그 보고서를 찾았다. 목차 다음 순서에 무려 네 페이지를 할애해 영어 약어와 뜻을 풀이해 촘촘하게 정리해놓은 표가 있었다. 보기 좋게 알파벳 순서로. 내가 찾던 인삼밭이었다. 아직 보고서를 통째로 읽을 여력은 되지 않았기에 영어 약어가 실린 페이지를 앞뒤로 출력해 두 장짜리로 만들어 출퇴근길에 한 번씩 훑어보았다. 읽어보는 것만으로도 효과가 있었다. 조금씩 말을 섞고 대화에 참여하며 알은체를 할 정도의 효력이 금세 나타났다. 사람들의 토론을 집중해서 듣다 보면 줄임말이 계속 등장했고 중점적으로 다루는 프로젝트와 회원국들이 지지하는 프로그램 혹은 폐기하려는 프로젝트를 자연스럽게 알게 되었다.

프로페셔널리즘이란 뭘까. 난 그것이 집중력이고 태도이며 용기라고 생각한다. 프로페셔널리즘은 어느 정도의 시각적 연출을 수반하기도 한다. 그래서 출근 첫날부터 한 가지 원칙을 세웠다. 당당한 옷차림을 위해 어깨가 직각으로 떨어지는 재킷을 입고 출근했다. 보수도 없이 일하는 인턴일지언정 이 룰만큼은 지키려고 애썼다. 당장 사무총장과 함께하는 회의에 참석해도 될 만한 옷차림이었다. 최소한 이곳의 일원으로서 어울리는 프레젠테이션을 보여주고 싶었기 때문이다. 동양인은 작은 체구 때문에 소극적인 사람이라는 선입견이 있다. 복도에서 마주치면 방문객이나 학생인 줄 아는 사람들도 많다. 이들에게 팀원으로 번듯하게 보이고 싶었다. 콘퍼런스 기획팀은 각국 유엔 대표부 브리핑도 많고 저널리스트를 만나야 할 일도 많았다. 이때마다 '파워 숄더'의 힘에 기댔다. 내게 재킷이란 제복이자 갑옷이었다. 어색해하지 말고, 쭈뼛거리지 말자. '난 우리 팀에서 보낸 대표 선수다'라는 태도로. 옷차림과 매너에서부터 전문성을 장착하자 하는 마음으로.

어느 날 함께 일하는 인턴 동료 알레시아가 내게 한마디를 건넸다. "*Look the part, get the part!*" 무슨 뜻인지 이해하지 못해서 질문하니 자신의 감상까지 덧붙여 설명하기 시작했다. 나의 스마트룩에 감탄했다는 것이다. 알고 보니 '*Look the part*'는 상황과 역할에 맞는 적절한 스타일링을 뜻한다면서 결국엔 그것이 자기 몫을 챙기게 되는 설득 장치로 발휘한다는 뜻이었다. 빙긋 웃음이 나왔다. 꼭 그리 되었으면 좋겠다는 생각에. 그리고 나의 '연출'이 동료의 눈에 잘 포착되었다는 짐작에. 인턴십을 하는 동안 여러 가지 장치를 시도해보며 작은 규모의 자신감들을 조금씩 장착해나갔다.

한국어

직역의 늪

우리 팀 동료인 코리나는 키가 커서 알레시아와 나는 늘 올려다봐야 했다. 키가 180센티미터가 넘는 젊고 날씬한 독일 여성이었다. 기구에서 연말 파티가 있던 날 우리 셋이 행사장에 들어가니 저 멀리서 나를 보고 반갑게 다가오는 분이 있었다. 파견 나온 한국 공무원 분이었다. 인사를 나누며 함께 온 동료들을 소개했다.

"이쪽은 저와 함께 인턴십하는 알레시아, 그리고 콘퍼런스 팀 코리나입니다."

와인잔을 건네려고 테이블에 손을 뻗는데 일이 벌어졌다.

"와, *You are big!* 유 아 빅!"

순간 코리나의 얼굴이 시뻘게졌다. 완전히 한국식 표현이었다. 상대방을 면전에 두고 너 뚱뚱해, 덩치 크다고 말한 것. 나는 허둥지둥 설명했다.

"아니, 저분의 의도는 네가 키가 크다는 뜻이야. *Big*이 아니라 *Tall*."

때는 이미 늦었다. 불쾌한 내색을 하던 코리나는 그 자리를 황급히 빠져나갔고 당황한 그분과 나는 눈알만 데굴데굴 굴린 채 와인을 마시며 열을 식혔다. '그러게 왜 쓸데없이 남의 외모에 대한 코멘트를 하시냐고요.' 한국어는 '크다'라는 묘사 하나를 써도 집이 크다, 큰 어른이다, 마음 씀씀이가 크다, 가계 규모가 크다 등 맥락에 따라 의미가 달라진다. 굳이 다양한 표현을 쓰지 않고도 뭐든 '크다'로 표현할 수 있다지만 영어는 다르다. '*Big*'은 경향성을 놓고 봤을 때 면적이나 분량, 부피와 관련된 맥락에 놓인다. 드물지만 거대한 권력을 표현할 때도 쓰인다. 사람을 보며 '빅'이라고 표현하면 뚱뚱하다, 거대하다로 들린다. 길이가 길다*long*, 키가 크다*tall*, 너비가 넓다*wide* 등 상황에 따라 명확하게 사용해야 하는 단어를 전부 *Big*으로 사용하면 곤란하다. 돌이킬 수 없는 실수를 막으려면 애초에 외모 관련 품평을 아예 하지 않으면 된다.

그보다 더한 실수는 따로 있었다. 발화자의 의도가 무엇이냐는 논쟁이 따라오는 경우다. 글로벌 환경에서 일하게 되면서 내가 배워야 할 것은 언어뿐이 아니었다. 누군가에게 오해받을 수 있다는 가능성을 늘 염두에 두고 조심스럽게 접근하는 태도가 필요했다. 관계가 가까워지면 세세하게 표현하지 않아도 숨은 의도를 읽을 수 있지만 그전에는 누구에게나 오해를 살 수 있다는 점을 명심해야 했다. 그게 한국어 습관 때문이라면 말이 달라진다. 우리말은 참으로 축약도 많고 비유도 많은데 같은 문화권에서만 통용하는 정서가 있다. 게다가 쉽게 인정하지 않으려는 고집은 덤이다. 특히 베이비부머 세대인 한국인 디렉터의 사무실에서 벌어지는 일들은 같은 한국인인 나조차도 해석하기 힘들었다. 이따금 동료들은 저 사람의 속뜻이 뭐였는지 물어오곤 했다. 한국인들은 다 그러냐고. 일방적인 훈화를 들어야 하는 고충을 털어놓기도 했다.

그해 연말은 날씨가 갑자기 추워지는 바람에 독감 환자가 늘었고 병가를 낸 동료들이 두셋씩 생겼다. 직원이 아플 때 유급 병가를 받는 건 회사에서 보장해주는 근로자의 근무 조건이며 권리다. 진단서가 없어도 가능하다. 나 역시 유럽에서 일하며 병가에 대한 개념이 달라졌다. 아픈 걸 견디며 억지로 출근해서 증상이 심해질 때까지 병을 키우는 건 잘하는 일이 아니다. 회사는 이런 걸로 충성심을 시험하려 들면 안 된다. 굳이 사무실에 나와 버티다가 회의실에서 기침하고 바이러스를 퍼뜨려 동료들한테까지 감염시키는 건 다 같이 아프고 고통받자는 뜻이다. 좋은 보스는 팀원이 아픈 걸 참고 출근할 때 칭찬하지 않았다. 푹 쉬고 회복된 모습으로 출근하라며 집으로 돌려보냈다. 고도 성장기를 겪은 옛날 한국인들에게는 이해하지 못할 일이었다. 역시나 팀 미팅 중 한국인 디렉터가 병가를 낸 팀원들을 거론하며 잔소리를 시작했다. 병가와 결근은 엄연히 다른 종류인데 그걸 똑같이 취급했다. 정작 병가 낸 사람들은 지금 이 자리에 없는데 그들을 소환하는 방식이 우리를 불편하게 만들었다. 그러거나 말거나 디렉터는 멈추지 않았다. 문제는 그다음이었다. 빙 둘러앉은 팀원들을 바라보며 오른쪽으로 한 명 그리고 또 왼쪽으로 한 명씩 지목하더니 삿대질하며 *"Don't be sick. huh? Don't be sick*아프지 마. 어? 아프지 마"라고 말했다. 대답을 듣고야 말겠다는 듯 단호한 표정을 지어 보였다. 명령처럼 들리는 그 한마디가 이상했다. 한 명이 슬며시 손을 들고 질문했다.

"아프고 싶어서 아픈 게 아닌데요. 무슨 뜻으로 말씀하는 건가요"

순간 한숨이 나왔다. 나야 한국인들이 "아프지 마"라고 말하는 게 어떤 의미인지 알지만 그걸 그대로 직역해서 말하면 어쩌냐 말이다. 걱정하는 마음이라고, 그저 당신이 아프지 않았으면 하고 염려하는 말이다. *I care for you. Please take care.* 몸 조심해 정도로 설명하면 될 텐데. 한국어 그대로 영어로 말하면 직역이 만들어내는 오해의 늪에 빠지게 된다. 상대방은 오해하고 나는 변명해야 한다. 그나마 설명이라도 잘하면 다행이다. 역시나 의지의 한국인은 거기서 그치지 않았다. 다시 설교가 시작되었다. 당신이 강한 정신력으로 수술이

나 약물치료 없이 자가 치유한 스토리였다. 건강한 신체에 건강한 정신이 깃든다고 말하며 때마다 대비하고 관리하면 왜 아프겠냐고, 평소 명상하며 마음을 다스리라고 주문하며 장황한 훈화를 마쳤다. 동료들은 모두 입을 다물고 무표정을 유지한 채 아무 말도 하지 않았다. 한편 질문한 동료는 후회스러운 표정을 짓고 있었다. 바라보는 내 마음도 착잡했다. 이건 영어의 문제인가 태도의 문제인가 아니면 철학의 문제인가 헷갈리기까지 했다.

그러던 어느 날 옆 사무실의 동료가 살금살금 와서 말해주었다. 한국인 디렉터가 일찍 퇴근하려고 복도에서 엘리베이터를 기다리고 있었단다. 지나가던 동료와 마주치자 설명을 하더란다. 오늘 오후에 치과 치료가 있어서 일찍 나가는 길이라고. 그때 동료는 우리가 들었던 주옥같은 훈화를 똑같이 갚아주었다.

"왜 치통이 있죠? 그동안 명상을 충분히 하지 않았나 봐요?"

기술적 언어보다

필요한 건
방향 제시

유럽의 밤은 오후 4시에 시작된다. 그리고 다음 날 아침 출근길까지 깜깜하다. 겨울은 어두컴컴하고 건조했다. 햇볕에도 총량이 있는 건지 모를 일이었다. 여름 내내 밤 10시까지 하늘이 밝고 청명했는데 마치 그 시간을 겨울에 되찾아가겠다는 것처럼. 나의 무급 인턴십은 깜깜한 유럽의 겨울과 함께 하루하루 전진해나갔다. 하루는 폴린의 이메일을 읽고 오묘한 기분이 들었다. 내게 보내는 메시지와 함께 명언이 적혀 있었다.

Aeree, you are intelligent enough to figure it out.
애리, 너는 이걸 뚫고 나갈 만큼 충분히 똑똑해.

Don't waste your time. Don't look back.
과거를 곱씹느라 시간을 낭비하지 마.

It happens, it makes you stronger.
이미 벌어진 일이고, 그건 너를 더 강하게 만들거야.

You deal with it.
헤쳐나가렴.

세계기상기구에서 세계기후회의의 총책임을 맡은 나의 보스 닥터 니엔지는 탄자니아 출신으로 영국에서 기초과학을 전공한 인물이다. 그는 인턴인 나를 최대한 많은 곳에 노출시켰다. 덕분에 다양한 팀과 접촉해 회의하고 의견을 내며 콘퍼런스 기획자로서 기구 사람들과 안면을 늘려나갈 수 있었다. 그리고 나를 기용한 커뮤니케이션팀이 과학잡지 기자 출신의 미국인을 커뮤니케이션 컨설턴트로 고용하면서 팀의 커버 영역이 조금씩 커져갔다. 과학이나 기후 환경 문제에 문외한이던 나는 매일같이 공부하는 마음으로 텍스트를 읽어야 했다. 기후와 생태계 문제에 대해 자료를 찾아보며 벼락치기로 공부를 시작했다.

커뮤니케이션팀에서는 내게 커뮤니케이션과 언론 홍보와 관련한 일감을 몰아주었다. 대형 콘퍼런스는 언론 홍보가 중요하다. 커뮤니케이션 컨설턴트는 매일같이 자신이 작성한 보도자료를 감수하라는 숙제를 내주었다. 미국에서 과학잡지 기자로 일했던 리사였다. 잘 알지도 못하는 주제를, 영어도 잘 못하는 내게 그것도 미디어에 돌릴 보도자료를 검토하라니 앞이 깜깜했다. '아니, 미국 아이비리그 출신인 리사가 쓴 영문 보도자료를 앞에 놓고 문법을 지적할 거야, 어순을 지적할 거야?' 능력 밖의 일이라는 게 너무나 자명했다. 하지만 표정을 관리하며 대답했다. "오케이, 한번 해볼게요." 자신이 없었지만 그 앞에서는 용기 있는 척이라도 해야 했다. 리사의 보도자료 초안을 받아오는 길, 사무실로 돌아오는 계단을 한 칸 한 칸 내려오며 심호흡을 해야 했다. 엄두가 나지 않아서.

보도자료란 전문가의 요점을 기자들이 바로 기사화하도록 쉽게 풀고 재구성한 글이다. 첫 직장이 있던 종로 5가로 출퇴근하던 시절이 떠올랐다. 한국기독교연합회관 15층의 거대한 복합건물이던 그곳은 긴 복도식이라 양옆으로 수많은 회사가 빽빽하게 들어차 있었다. 당시 나는 잡지출판사에 근무하며 무수히 많은 보도자료를 받아보기도 하고 써 보기도 했다. 사무실 복도 맞은편에는 녹색연합이 있었다. 환경이나 생태운동에 무관심했던 시절, 다른 건 몰라도 하나는 좋았다. 녹색연합의 소식지인 월간 〈작은 것이 아름답다〉를 읽는 일이었다.

리사가 작성한 보도자료 초안을 읽어보니 나도 할 말이 생겼다. "두 번째 문단을 첫 번째로 옮겨보는 게 어떨까요? 이러한 예시가 독자에게 훨씬 생생하게 와닿죠." 환경 문제와 과학적 지식에 문외한이기에 제안할 수 있는 내용이었다. 사람들은 실용적인 글을 읽을 때 특히 첫 번째 문단에서 '내'가 등장해야 하고 본인과의 접점을 발견하길 원한다. 세계기상기구에서 각 국가의 최고정책결정자들을 모아놓고 콘퍼런스를 여는 중차대한 이유를 미디어를 통해 대중에게 설득해야 할 테니까. 대중에게 와닿는 사례와 실생활에 미치는 영향을 다루는 꼭지들을 늦지 않게 얼른 던져주어야 한다고. 작은 것이 아름다운 거 아닌가? 이를테면 이런 예시다.

> 가뭄으로 숲이 말라 누군가 흘린 작은 불씨로 순식간에 산불이 나면 그 지역의 관광산업 종사자들은 몇 년 동안 배를 곯아야 한다. 산업은 도산하고 개인은 파산한다. 인도의 경우 어느 마을 몇 년도에 발생한 A의 경우가 있었고 손실이 000$에 육박했다고 추산한다. 이들의 실업급여는 누가 지불할까.

과학이라는 주제에 학문적 취향이 없던 나는 스토리에 시선을 두고 사람들과 공명할 수 있는 공간을 만들어야 한다고 주장했다. 딱딱해서 전달되지 않는 모든 글을 다시 써야 한다고. 결과적으로 나는 리사의 영어 문장을 전혀 건드리지 못했다. 대신 비전을 제시하며 그의 글을 뒤집어엎었다. 내 역할은 따로 있었다. 지구촌, 세계 환경에 대한 거창한 담론이 아니라 작은 개인, 일상에 초점을 두어 오히려 스케일을 좁히는 작업을 가능케 했다. 과학적 변증보다는 일상의 언어로 풀어주는 것에 주안점을 두도록 주장했기 때문이다. 국가의 정책은 개인의 일상에 영향을 미친다. 대기를 채운 공기의 질이 나빠지면 가정마다 병원 가는 식구들이 늘고 결국 공기청정기를 구입해야 한다. 부득이한 지출이 생기고, 외출 빈도수에 영향을 준다. 이것은 바로 당신이라는 사람이 오늘 겪는 문제점이라는 주된 메시지를 매력적인 스토리로 꿰어나가야 한다고. 이같은 의견을 내고 리사의 작업을 더 적극적으로 거들 수 있었다. 나의 역할이 누군가의 영어를 고치는 게 아니라는 걸 뒤늦게 깨닫고 재빨리 목표를 달리 움직였기에 가능한 일이었다. 설렘과 도전으로 인턴십의 나날들은 계속되었다. 작은 성취를 차곡차곡 만들어나갔다.

식물학자 호프 자런의 책 《랩걸》에 이런 구절이 있다. "식물들은 세상이 급속도로 변화할 때 항상 신뢰할 수 있는 한 가지 요소를 찾아내는 것이 중요하다는 것을 알고 있다." 그건 빛이었다. 일광. 또한 진눈깨비도 폭풍우도 견디며 북쪽 지방에서 자라는 나무들이 생존하는 이유는 미리 겨울 여행을 준비해놨기 때문이라고 한다. 나는 어쩌면 빛을 기다리며 무급 인턴십을 지속하는 추운 겨울을 생존한 건지도 모르겠다. 성장할 기회를 주는 사람들 옆에서 발을 맞추며. 미래를 어떻게 만들어갈지는 결국 밝은 여름과 어두운 겨울이라는 시간을 모두 손에 쥔 현재의 내 몫이었다.

개인에서 국가로,

프로다워진다는 것

국제기구의 계발 분야 관련 고용 공고를 보면 지원자에게 요구하는 역량 칸에 종종 'Client oriented'라는 문구가 적혀 있다. 직역하면 '고객 중심'이다. 고객의 눈높이에 맞추는 자세를 구성원들에게 요구하겠다는 것이다. 어느 분야에서 일하든 클라이언트가 누구인지 확실하게 인지하고 있어야 한다. 게임 회사로 치면 게임 유저들이겠고 보험 회사로 치면 보험 가입자들일 것이다.

전에 일하던 NGO에서도 회원을 관리하는 게 업무 중 하나였다. 까다로운 일은 아니었다. 멤버라고 부르는 NGO 회원은 대체적으로 공통점이 있다. 주로 커뮤니티 봉사활동을 하고 교육사업에 관심이 많았다. 그렇다면 국제기구의 클라이언트는 누구일까. 국제기구 인턴십을 하며 내가 상대해야 하는 클라이언트의 스케일이 확연히 커졌다는 것을 실감했다. 사람이 아니라 'Member States회원국들'이었다. 여기선 평소 알던 것처럼 나라를 '컨트리Country'라고 부르지 않고 '스테이트States'라고 불렀다. 바뀐 환경에서는 업계 용어를 가장 먼저 습득해야 한다.

어느 날 팀 구성원으로부터 받은 엑셀 파일을 열어보고

기후회의를 조직하는 우리 팀이 상대하는 VIP가 누구인지 비로소 알게 되었다. 그 문서 파일에는 우리가 반드시 사무총장 이름으로 공식 서신을 발송해야 하는 대상자들의 명단이 적혀 있었다. 상상 초월의 스케일이었다. 기본이 각국의 환경 부처 장관들이었고 외교대사, 국무총리 혹은 대통령, 국왕까지도 등장했다. 대통령? 왕이라니!

국제회의를 조직할 때는 실무 책임자나 디렉터급의 인물이 세션 발표자인 과학 전문가나 기업인을 상대로 서신을 주고받으며 섭외하는 일이 많았다. 하지만 VIP, VVIP를 상대하는 경우엔 반드시 기구의 최고 수장인 사무총장의 이름으로 공문을 보내야 한다. PDF 파일을 그 나라의 공식 채널을 통해 보내게 되어 있다. 그것도 종이 편지 형식인 '레터헤드', 즉 기구의 공식 로고가 적힌 종이에 사무총장의 친필 서명이 들어가야 한다. 전자 서명은 안 된다. 장관과 총리, 대통령에게 보내는 편지이지 않은가. 이름이 틀려도 안 되고, 문장에 필요치 않은 점이 두 개 찍혀도 안 된다. 기후회의를 위해 제네바에 직접 와서 참석하도록 요청하는 정중한 초청 공문을 적는 거였다.

문제는 그 업무가 내게 주어졌다는 것이다. 고도의 꼼꼼함을 필요로 하는 일이었다. 장관, 총리, 대통령에게 보내는 초대 공문의 초안을 작성하고 수정하는 일을 맡다니. 레터가 꽉 차보이도록 한 장은 채워야 하지만 두 장을 넘어가서는 안 된다. 간결하며 정수를 담은 메시지여야 했다. 게다가 이름과 타이틀과 모든 것이 완벽해야 했다. 작은 실수도 허락되지 않았다. 최근 대통령 선거가 끝난 나라들은 몇 달 뒤 취임할 당선인의 이름으로 수신인을 교체해야 한다. 새로 자리에 오른 현직 대통령을 두고 전직 대통령을 초대하면 안 되니까. 이름 확인 작업 중에 경질당한 어느 나라의 장관도 있었다. 이런 편지가 내 손을 거쳐 작성되다니 감개무량했다. 또 한 가지. 타이틀에 따라 수신인을 적는 칸이 시작하는 위치와 영어 호칭이 전부 바뀌었다. 편지를 받는 사람을 '귀하'란에 적을 때는 '*Her Excellency*', '*His Excellency*'라고 적어야 한다. 직접 호명할 때는 '*Your Excellency*'다. 두 단어 모두 대문자다. 이건 장관과 총리급 이상에 해당된다. *Her/His* 성별을 정확히 알아야 하기 때문에 확인하고 또 하느라 구글 검색을 수십 번을 했다. 엑셀 파일에 적힌 자료 내용이 혹시 틀렸을 수도 있으니까.

다행히 출중한 레퍼런스가 존재했다. 바로 사무총장의 연설문이다. 현재 우리 기구가 주력하는 사업의 핵심과 다가오는 기후회의를 어떻게 준비할 것인지에 대한 내용이 있었다.

그리고 국가들이 궁극의 목표로 삼는 기구의 중추적인 정신에 대해 언급하고 있었다. 연설문 작가들이 만들어놓은 자료를 공부하며 조금씩 안정을 찾아갔다. 모든 일에는 앞선 예시가 있고 나보다 먼저 고민한 사람들이 있다. 용도에 맞춰 변형하고 요리하는 건 내 몫이었다. 연설문 자료를 긁어와 읽으며 좋은 단어를 마음껏 차용해 공문을 써 내려갔다. 누군가 잘 풀어놓은 취지와 명료한 문장을 가져다 쓰면서도 초청장의 느낌이 나도록 편지 형식을 취했다. 물론 팀 전체가 돌아가면서 리뷰했고 여러 번의 수정을 거쳐 완벽(?)에 가까운 초청 공문을 완성할 수 있었다.

마지막 단계로 사무총장의 결재를 받아야 했다. 반려하면 어쩌지? 혼자서 해낸 숙제가 아니었는데도 이 미션의 주인공이 나인듯 초긴장 상태였다. 이제부턴 인샬라. 이튿날 수정 요구가 하나도 없는 깨끗한 공문에 총장의 친필 서명이 빼곡히 적힌 편지들을 받았다. 주어진 역할을 해내고 있다는 뿌듯함이 차오르는 순간이었다.

어차피
우리는 전 세계
지방대 출신

한국분들이 모인 자리였다. 자녀 교육 문제를 이야기하다가 자조적인 농담과 한탄이 흘러나왔다. 아이가 어렸을 때는 원대한 꿈을 안고서 서울대에 보내겠다는 결심과 기대로 서울우유만 먹이다가 취학 연령이 되고 성적표를 받기 시작하니 그 꿈이 깨져서 슬슬 연세우유로 갈아탔다가 다시 건국우유로 타협했다가, 이제는 점점 더 내려가 저~지방 우유를 먹게 되었다는 우스갯소리였다. 함께 모인 사람들이 박장대소하며 웃는 와중에 애써 표정을 관리하며 웃지 못하는 한 명이 있었다. 바로 나였다. 저~지방대를 나온 자는 그 자리에서 웃지 못했다. 사소하지만 불쾌한 일을 반복적으로 겪으면서 내겐 학벌 콤플렉스가 생겼고 때때로 자리에 불편하게 앉아 있어야 했다. 방송국을 다니며 최고 학벌의 인물들과 함께 일하던 시절이 생각났다. 게스트들은 주로 사회 저명 인사들이었다.

"피디님, S대 나왔다면서요? 무슨 과예요?"

"호호, 무슨 소리예요. 나 여상 나왔어요."

그때 난 황급히 편성국 사무실을 한 바퀴 둘러보며 이 말에 상처받은 사람은 없는지 확인했다. 아무리 학벌 좋은 사람들이 모인 곳이 방송국이라지만 여긴 총무부도 있고 사무직도 많다. 같은 공간에서 농담거리가 되어 거론되는 일은 불쾌하다. 누군가의 공개적인 웃음은 타인에게 비수가 된다. 그런데 한 가지는 알 수 있었다. S대를 나온 피디도 본인의 전공을 굳이 말하고 싶지 않아 한다는 걸. 모든 사람에게는 콤플렉스가 있다.

나도 어느 때부턴가 나이를 물을 때 "몇 학번이에요?"라고 질문하지 않게 되었다. 잡지출판사를 다닐 때 새로 온 마케팅부 신입 사원과 인사하며 이 질문을 했다가 예상치 못한 대답을 들은 적이 있다. "저 대학 안 나왔어요." 그 후로는 이 질문을 하지 않는다. 대학 입학 학번과 졸업장이 모두에게 기본값이 아니라는 것, 누군가에게는 대답하기 힘든 난처한 질문일 수 있다는 걸 그때 배웠다. 신입 사원은 그 이후에도 많은 사람에게서 같은 질문을 받았고 매번 같은 대답을 해야 했다.

학벌에 대한 열등감은 때때로 나의 발목을 잡기도 했다. 입시에서 만족스러운 결과를 얻지 못해 몹시 바라던 서울행이 좌절되었다. 하지만 자신 있게 말할 수 있다. 저~지방 H대학교는 교수진이 좋고 학생들에게 지원과 투자를 아끼지 않는 학교였다. 덕분에 매 학기마다 새로운 프로그램의 수혜를 받았다. 학교 홍보 대사로 선발되어 코엑스 대학입시박람회에서 학교를 소개한 내가 별안간 다른 사람들의 기준에 맞춰 나의 역사와 자부심을 통째로 부정할 수는 없는 일이었다. 내게도 포기하고 싶지 않은 자존심이 있는 거 아니겠나.

세계기상기구에서 인턴십을 하면서 학벌 딱지를 떼고 일한다는 게 이런 느낌인가 어리둥절한 기분을 느꼈다. 마음을 단단히 먹고 있었건만 아무도 내게 어느 대학을 나왔느냐고, 혹시 '지잡대(지방의 잡스러운 대학의 준말)'를 나오지 않았느냐 묻지 않았기 때문이다. 어차피 한국의 대학 이름을 아는 사람은 아무도 없었다. 어차피 우리는 모두 전 세계 지방대 출신이었다. 고구려 대학을 나왔든 고조선 대학을 나왔든 알게 뭔가. '인서울'인지 아닌지 알게 뭔가. 어차피 이곳은 한국에서 발동하던 줄 세우기가 성립되지 않는 세계였다. 늘 가나다 순서로 정렬되던 규율에서 벗어나 이젠 알파벳 순서로 재조합되니 백 씨라서 출석부에 늘 중간쯤 들어갔던 내 이름이 B 씨가 되어 앞자리를 차지했다. 국경을 넘으니 표준이 바뀌었다.

어느 날은 국제기구에서 모든 구성원에게 시행하는 필수 교육 프로그램에 참가했다. 교육 자료 각 챕터마다 인도, 필리핀 등 다양한 악센트를 가진 외국인 안내자들의 영어 내레이션이 등장했다. 그렇게 반가울 수가 없었다. 우리는 '국제'

기구였고 모든 차별을 엄단하며 넓은 스펙트럼의 환경에서 자라온 동료들을 포용하는 정책을 적용했다. 영어 모국어 화자도 아니고, 아시안 여성이라는 마이너리티 정체성을 가진 구성원 또한 분명하게 환영받는 느낌을 받았다. 빗장이 풀리기 시작했다. 콤플렉스는 외부의 시선에서 시작되지만 극복은 나의 내면에서 시작된다.

그뿐 아니었다. 티타임을 하면서 얼핏 흘러나온 동료들의 스펙은 그야말로 대단했다. 기본이 옥스퍼드 대학, 스탠퍼드 대학이고 미국 항공우주국NASA 출신도 있었다. 그러나 이 사실이 우리의 대화 소재로 등장한 적이 지금껏 없었다는 게 신기한 노릇이었다. 학벌이나 출신은 서로가 궁금해하는 관심사에서 멀리 벗어나 있었기 때문이다. 출신 학교 콤플렉스로 지레 위축되었던 나도 이들과 어울리며 서서히 그리고 확실하게 학벌에 둔해졌다. 어김없이 아침 티타임을 함께하던 날, 디렉터도 박사들도 여전히 날씨와 과학, 정치, 시사 이야기를 하던 중이었다. 옆자리에 있던 한 동료가 인턴 알레시아의 손목시계를 가리키며 말을 건넸다.

"파텍 필립 차고 있네요. 나도 이거 롤렉스예요. 지난번에 중국 출장 갔을 때 50달러 주고 샀어요. 오메가 시계도 하나 샀지요. 후후. 분침, 초침 아주 정확해요. 그것도 카피예요?"

화기애애한 분위기에서 사람들은 파텍 필립 정품을 사려면 내 차를 팔아야 한다는 둥 실없는 농담을 했다. 그때 알레시아가 대답했다.

"엄마가 주신 시계예요. 할아버지가 창업자시거든요."

옆에서 듣던 나는 놀라 자빠졌다. 뭐라고? 그게 정말이야? 나랑 같은 사무실을 쓰는 스물네 살의 인턴 알레시아가 손꼽히는 스위스 시계 브랜드 창업주의 외손녀였던 것이다. 왜 몰랐을까. 지난주에 이모를 따라 코피 아난 재단의 리셉션에 가게 되었다고 할 때 알아봤어야 했는데.

이토록 자기 과시나 허세 없이 기후와 환경 이야기만 주야장천 꺼내놓는 사람들 사이에서 나의 인턴십도 날이 갈수록 흥미로워졌다. 국제기구 인턴들의 네트워크가 구성되었고 특이하고 욕심 많은 친구들을 새로 사귀게 되었다. 여전히 생활비를 아껴쓰느라 매일 참치 통조림 하나와 샐러드가 가득 담긴 도시락을 싸서 출근했다. 시계 브랜드 창업주의 외손녀 알레시아도 마찬가지로 점심시간마다 나와 함께 도시락을 먹었다. 각자 싸온 점심을 나눠 먹고 희한하고 다양한 각자의 영어 발음을 들으면 이상하게 마음이 편해졌다. 누군가를 주류와 비주류로 구분하지 않아도 됐고 결과적으로 우리 전부가 전 세계에서 모인 '경계인'이며 '주변인'이라서. 그래서 서로의 처지에 대해 공감대가 높았구나, 그때 느꼈다. 지역 사투리를 사용하는 사람들이 말씨가 다르다는 이유로 놀림받고 '인서울' 대학을 나온 사람만 자격을 얻어 주류에 입문할 수 있다고 믿던 좁은 시야에서 나는 완전히 벗어났다는 생각이 들었다. 기준이 달라진 세계를 모험하며 나 또한 스스로를 관용하는 폭이 훨씬 넓어졌다. 그러면서 나는 이전의 세계에서 서서히 졸업하고 있었다.

인생은 계속된다,

막막함을 안고서

나이로비, 바그다드, 동티모르, 파리, 빈, 뉴욕, 제네바 어느 지역이 근무지가 되든 상관없다고 생각했다. 그 많은 국제기구와 지역 사무소에 닥치는 대로 이력서를 보냈지만 연락이 온 곳은 단 한 군데도 없었다. 초조하고 불안해도 지키기로 한 원칙이 하나 있다. 내 마음이 진짜 원하는 선택을 하는 것이다. 스스로 설명할 수 있는 목소리가 있어야 한다. 아주 사소한 결정이라도 내면의 목소리를 최우선으로 한다면 그때의 자기 존중감을 미래의 나는 기억할 것이다. 외부의 부정적인 소리를 흘려듣고 나 자신의 목소리로 덮어야 했다. 최대한 꽉 차게 공명하도록. 끝까지 가봤다면 후회 없이 깨끗하게 내려놓을 수도 있다. 단념하는 것에도 힘이 필요하다. 나의 '선택'이었기에 실패도 레슨이 된다.

> *"Speak your mind even if your voice shakes."*
> 당신의 진심을 말하라, 설사 당신의 목소리가 떨리고 있을 지라도.

메기 쿤의 문장이다. 나는 분명히 내 목소리로 살고 있었다. 떨리지만 괜찮았다. 내 안에서 질문과 의심이 올라올 때 정확히 설명할 수 있었다. 마음이 진짜 원하는 선택을 했다는 사실만으로 어떤 단단한 결심이 스며 들어왔다. 그날도 여느 때처럼 퇴근하는 동료들과 인사한 뒤 사무실에 남았다. 홀로 마무리하는 비공식적인 근무였다. 영문 이력서를 수정해 전 세계 멀리멀리 어딘가로 지원했다. 분쟁 지역에는 어김없이 국제기구 지역 사무소가 있다. 본부를 고집할 일이 아니었다. 어디든 출발할 준비가 되어 있었다. 트렁크 가방 하나면 기숙사 방의 모든 짐이 다 들어간다. 그즈음 서울에 있는 언니와 전화 통화를 했다.

"가족들이 너의 안전을 걱정할 곳엔 가지 않았으면 해. 아프가니스탄은 지원하지 마."

"내가 지원해봤자 어차피 대답도 안 와. 그쪽에선 나를 원하지도 않는다고."

국제기구의 구인 공고가 올라오는 웹사이트에 접속해 공고문을 훑고 키워드를 분석하는 걸로 매일 저녁을 마무리했다. 내 이력서와 겹치는 점을 찾아보려 한 줄씩 꼼꼼하게 읽으며 밑줄을 그었다. 그때였다. 전혀 교류도 없고 활동 영역도 달랐던 어떤 인물이 별안간 떠올랐다. 미친 척하고 연락해볼까. 창피해도 어쩔 수 없었다. 서로 교차점이 없어서 말을 섞어본 기억이 한 번도 없던 인물이다. 제네바 MBA에 유학을 와서 국제기구 인턴십을 마치고 한 국제기구에서 컨설턴 트로 일하는 사람의 이름 석 자가 떠오른 것이다. 제네바 근무 한국인 주소록에 적힌 전화번호를 찾아보았다. 무작정 그에게 전화를 걸었다. 내가 얼마나 답답한 상황에 처했는지 설명한 후 조언을 구한다고 부탁했다. 의외로 가벼운 허락의 대답이 들려왔고 퇴근 후 그가 알려준 음식점에서 만나기로 했다. 막무가내로 전화를 걸어 잘 모르는 사람의 시간을 얻어낸 상황이 조금은 얼떨떨했다. 우리는 '보키Boky'라는 이름의 허름하기 그지없는 정체 불명의 아시안 식당에서 만났다. 메뉴판에서 가장 싼 볶음밥을 시켰다. 토핑으로 새우도, 오리고기도 올려져 있지 않은 맨 볶음밥이었다. 세상에서 가장 심심한 볶음밥을 앞에 놓고 그와 나는 자못 심각하게 이야기를 나누었다. 나는 그간의 고생담을 털어놓았고 그는 자신의 스토리를 허심탄회하게 풀어놓았다.

"이력서를 보내봐요. 우리 동료 중 한 명이 커뮤니케이션과 마케팅 경력이 있는 사람을 구한다고 했거든요."

비슷한 처지를 겪어본 사람들 주변에는 마치 활어처럼 미끄러지듯 정보가 돌게 되어 있다. 특채를 뚫어야 하는 사람들은 다각도로 접근한다. 이 분야의 물정을 잘 알기에 그는 내가 무엇을 갈구하는지 단번에 알아챘던 것 같다. 그로부터 2개월 후에 도착한 한 통의 이메일엔 너무나 단도직입적인 내용이 적혀 있었다. 요약하자면 '당신이 언제부터 일할 수 있는지 알고 싶다' 이런 내용이었다. 면접도 전화 통화도 없이? 그동안 감감무소식이다가 이렇게 대번에? 갑작스럽게 온 메일이 믿기지 않았다. 일단 답장을 보내는 건 손해 볼 일이 아니었다. 현재 하는 인턴십을 정리하는 데 2주의 시간이 필요하다고 보냈고 답은 오지 않았다. 그로부터 다시 두 달 뒤 이메일의 첨부파일로 계약서가 도착했다. 발신인은 한 국제기구의 인사과 담당자였다. 제안한 포지션은 '*Project Officer*'라고 적힌 컨설턴트 계약이었고 3개월짜리 단기계약직 자리였다. 분명 내 이름이 적혀 있었다.

사무실 컴퓨터에서 첨부파일을 확인한 나는 너무나 놀란 나머지 의자를 박차고 일어나 두 손으로 입을 틀어막고 화장실로 뛰어갔다. 아무도 없는 것을 확인하고 맨 끝에 들어가 문을 잠그고는 발을 동동 구르며 기쁨의 세리머니를 했다. 커다란 구두 소리가 화장실 천장까지 울렸다. 눈물이 나려고 했지만 꾹 참았다. 소리 내어 울면 비밀이 날아갈 것만 같았다. 서명을 하기 전까지는 나만의 비밀로, 그리고 누구도 상처 낼 수 없는 굳건한 '사실'로 남기려면 외부에 발설해서는 안 될 일이었다. 매무새를 가다듬은 후 손을 씻고 무덤덤하게 사무실로 돌아왔다. 미세하게 손이 떨렸다.

퇴근 시간을 기다렸다가 사무실에 아무도 없다는 것을 확인한 후 황급히 그 선배에게 전화했다. "인사과에서 이메일을 보내왔는데 이거 진짜인가요?" 목소리를 아주 작게 낮췄다. 상황이 묘하게 급커브를 틀었다고 했다. 나는 애초에 물망에 올린 사람이 아니었다고. 막강한 인물이 후보에 있었기에 논의할 필요도 없이 최종 선택이 끝났다고 했다. 그런데 그 사람이 막판에 결정을 바꿔 다른 곳에 냉큼 입사했다고 한다. 곧이어 후보 1순위에게 연락을 취했지만 조건이 마음에 들지 않았는지 또 지지부진 시간이 흘렀다고 한다. 그러다 예산 집행 기한이 촉박해지자 결국 후보 2순위였던 내게 최종 기회가 돌아왔다고. 그렇게 말도 안 되는 일이 벌어졌다. 전달받은 계약서 사본을 읽고 또 읽고 또 읽었다. 도대체 어떻게 된 일인지 알 수 없었으나 한 가지는 분명했다. 계약서에는 내 이름이 분명히 적혀 있었다. 국제기구 무급 인턴 7개월 만에 성사된 일이었다.

그동안 무작정 시도하고 하나씩 실패했다. 그럼에도 불구하고 곧 있으면 목적지 근처에 도달한다고 스스로 최면을 걸며 매일같이 생각했다. 조만간 의미 있는 무언가를 손에 넣을 수 있을 거라고. 나는 나아지고 있으며 상황이 괜찮다고 스스로를 설득했다. 멈출 수가 없었다. 내가 선택한 인생이니까. 자조하는 마음을 조심스럽게 길들여가며 움직였다. 차마 용기가 생기지 않을 때는 용기 있는 척이라도 했다. 인사 담당자가 탈락자 이력서를 폐기하기 전에 내 이력서를 쓰레기통에 버리지 않아야 한다. 엄두가 나지 않을 때는 공터에 나가 소리라도 지르며 몸속의 열을 만들어야 한다. 물론 새로운 커리어를 모색할 때 마주한 콤플렉스는 극복하기 어려운 장벽이었다. 말도 안 되는 영어 실력 때문에 좌절했고, 앞에서 코치해줄 인맥이 없다는 점, 남들보다 시작이 늦었다는 사실은 자책한다고 바꿀 수 있는 일이 아니었다. 비가 오는 날 우산이 없다면 그냥 맞아야지 하늘을 원망한다고 비가 멈추는 것은 아니다. 시간을 벌었다 생각하고 부족한 언어를 덮을 다른 주특기를 어떻게든 새롭게 만들어야 했다. 전무하다시피 했던 인맥도 마찬가지다. 나만의 영역을 달팽이 걸음으로 조금씩 형성해갔다. 시작이 늦었을지언정 그동안 다양한 분야에서 분투했던 이력은 오히려 매력으로 작용했다.

한 국제기구에서 받은 컨설턴트 3개월 계약, 꿈같은 일이었다. 일을 시작하고 조금씩 인정을 받으며 다시 3개월을 연장했다. 새 프로젝트를 맡고 다시 3개월, 하루는 인사과에서 미팅을 요청했다. 회사에서 최장기 계약직 기록을 만들었단다. 한 살씩 나이를 먹었지만 더 이상 나이를 의식하지 않게 되었다. 새로운 친구들이 내 나이를 알게 되면 어김없이 "한창 좋을 나이네" 하며 응원해주었고 그 말을 굳게 믿으며 다시 엔진에 시동을 걸 수 있었다. 이 마음으로 지속하니 30대가 되었을 때는 상상하지도 못할 만큼 훨씬 더 좋은 시절이 눈앞에 펼쳐졌다. 힘을 내서 바퀴를 힘차게 굴렸더니 확실한 경제적 자립과 명함이 생겼다.

여전히 내 영어는 부족하다. 그러나 말도 안 되는 영어 실력으로도 누구나 새롭게 시작할 수 있다고 말할 수 있다. 출발할 때는 몰랐다. 나의 회복탄력성은 얼마나 탄성이 있는지. 마음에 근육이 붙고 힘이 생기는 데 얼마만큼의 시간이 걸리는지. 주변에서 나누어주는 지혜를 흡수하는 자세와 경계가 사라진 글로벌한 세계에서 고쳐야 할 태도는 무엇인지. 출발하지 않았다면 이 모든 걸 끝까지 몰랐을지도 모른다. 20대 여성에게 요구되는 페르소나를 벗었어도 세상은 멀쩡히 굴러갔고 나는 내 얼굴로 살 수 있다는 걸 분명하게 경험했다. 그렇게 솔직한 나만의 욕망과 꿈을 직시하며 잃어버렸던 내 목소리를 천천히 돌려받았다.

새로운 세상을 스치며 계속 가다 보니

영어는 갈수록 늘었다.

일의 언어로서의 영어와 사람에 대한 태도를

새롭게 배우며 커리어를 발전시켜나갔다.

시행착오를 고쳐나가려는 에너지가 오히려

나를 이끄는 동력이 되어 중간에 포기하지 않게

만들었다.

나처럼 의욕만 넘치는 다혈질 인간이 중간에

싫증 내지 않고 끝까지 해보는 경험을 처음으로

했고 몇 년 뒤 국제공무원이 되었다.

물론 좌절감이 밀려올 때도 있었다.

그때 내가 어느 정도 성장했는지 확인하고 싶어서

맨 처음의 목표였던 토익을 봤다.

영어라는 장벽을 넘어보겠다고 결심한 이 모든

것의 촉발 지점이었던 토익.

결과지에 적힌 점수는 955점이었다.

결국 토익책을 한 번도 펼쳐보지 않고 치른

셈이었다.

그리고 이제는 토익 점수가 필요하지 않은 단계가

되었다.

물론 영어와 함께하는 일상의 공부는

현재진행형이다.

대학교를 졸업 후 취업에 도움이 되지 않는다고

한탄하던 전공 덕에 제네바의 열린 대학에서

한국어 강의를 맡게 되었고 무수히 많은 유럽

전역의 학생들과 만날 수 있었다.

앞으로도 세상을 경험하고 이리저리 다치면서도

나를 발견하고 이야기를 쌓아갈 것이다.

스스로에 대한 약간의 기대와 약간의 믿음만

있으면 된다.

뒤돌아보면 어려운 순간마다

결핍이 갈망을 만들었다.

그 갈망을 현실로 바꾸고 싶어 여권을 갱신한

날부터 그리고 앞으로도 여정은 끝이 없다.

지속할 뿐이다.

막막한 마음에 지지 말자는 다짐을 거듭하면서

말이다.

지구에서 영어생활자로 살아남는 법

ⓒ 백애리

초판 1쇄 발행 2023년 1월 20일
초판 3쇄 발행 2023년 7월 17일

지은이 백애리
펴낸이 오혜영
교정교열 김민영
디자인 온마이페이퍼
마케팅 한정원

펴낸곳 그래도봄
출판등록 제2021-000137호
주소 04051 서울시 마포구 신촌로2길 19, 316호
전화 070-8691-0072 **팩스** 02-6442-0875
이메일 book@gbom.kr
홈페이지 www.gbom.kr
블로그 blog.naver.com/graedobom
인스타그램 @graedobom.pub

ISBN 979-11-92410-14-2 03810